現代生活
独習ノート

津村記久子

講談社

目次

装画　木下晋也
装丁　名久井直子

現代生活
独習ノート

レコーダー定置網漁

リフレッシュ休暇をもらったが、もはや私にはリフレッシュする気力自体が残っていなかったのだった。リフレッシュできない休暇中の人はどうするのか。ただ横になるのだ。でも五分もすると、リフレッシュできない物事がぶくぶくと心の底から浮き上がってきて、ただ横になることすら妨げようとする。だいたいは直前の仕事で目にした膨大な情報だ。「水道の水はもはや毒に近い。浄水器は何の役にも立たない」「ミルクチョコレートはカカオポリフェノールの恩恵を九十九％損なう」「ベージュのリップの人はＡＩの顔認識で六十代と判定されたので実質六十代」というあたりが、だいたい3トップとして私の脳内の自陣をかき回してくる。私は水道の水を飲み、チョコレートはミルクしか食べず、毎日の出社にはベージュの口紅を使用している。

　横になっていると、これらの情報が思い出されて眠れなくなる。内容自体は「知らねえよ」の一言で済むような単なる発信者都合の脅迫だし、真剣に検討するほど私は世慣れていないわけではないけれども、これらを拡散することを商売としている人、もしくはそのことから精神的な慰安を得る人、そしてこれらを共有しようとする自分の会社に入社を希望する学生たちのことを考えると、頭が休まらなくなる。それらの人数は膨大だし、情報の数も膨大だ。膨大だった。入社志望の学生たちがＳＮＳで共有したがっている情報は。その根拠が善意にしろ悪意にしろ不安にしろ嘲笑にしろ、その全部にしろ、とにかくそれらの脅迫のような迷信のような通念のようなものにさわっている、というだけで彼らは私の頭の中で一つの懸念になった。私ども採用側のチェックリストにある『肯定であれ否定であれ、質の悪い情報に絶えず触れている：5―大いにそのようだ、4―そのようだ、3―どちらともいえない、2―そうではない、1―まったくそうではない』のうちの「3」に○を付けようとして、やはり手がひきつって「4」に○をしてしまう。こんなふうに情報への接し方ひとつで他人の人生の決定に関わっていいのだろうか？ という疑問の膨張と、入社希望者たちが共有している大量の情報の海に飲み込まれて、私は完全に藻《も》屑《くず》となり果ててしまった。それで休暇を取った。

　私はおもむろに上体を起こし、リモコンでテレビをつける。そしてレコーダーを起動する。そして録画リストにあるまだ観ていない『刑事コロンボ傑作選』のうちの一本を再生する。一息つく。そのまま三十分は、カーテンを閉め切った暗い部屋でコロンボを見続ける。コロンボは今年の一月からずっと録画し続けていて、今が三月の下旬なので、そこそこ溜まっている。月～金の夜中の○時から一時間の枠だ。一話がだいたい七十分台後半から百分のコロンボは、前後編に分割されてCMを加えた一時間で放映されている。短いコロンボは気持ちCMが長い。

　三十分コロンボを観ると、とりあえずお茶ぐらいは淹れるかという気分になり、私はのそのそと立ち上がって台所に行き、電気ケトルに水を汲む。そしてティーバッグで紅茶を淹れ、またコロンボに戻る。空腹時にお茶請けがないまま紅茶を飲むと、タンニンの効果でたまに気持ち悪くなったりもするのだが、そのへんはもうギャンブルだった。無駄なギャンブルだ。私はギャンブルが嫌いだ。なんでこんなことで一日分のはらはらを使わなければいけないのかと自分に怒りを覚える。そして脳の側坐核《そくざかく》というところを刺激するＳＮＳは、ギャンブルと似たような性質を持っているとのことだ。ギャンブル嫌いの人がそれに関わると、それはもう仕事とはいえ疲弊しまくるわけだ。ちなみに側坐核についての情報も学生のＳＮＳで知った。

　その日観ていたコロンボは『パイルＤ－３の壁』だった。どれもこれもがめちゃくちゃおもしろいというわけではないシリーズの中では、おもしろい方だと思う。休暇は三日目で、今日を含めてあと十日間ある。録画もふんだんに残っているのだが、ふと、自分はどれだけのコロンボを観られるのかと不安になり、再生をやめて録画リストを確認してみることにする。

　今日観た話の次の日に放送された『別れのワイン（前）』に始まり、『タイトル名（前）』『タイトル名（後）』とリストが続いているのだが、五本目の『二枚のドガの絵（後）』の後が全部、『殺人処方箋（前）』になっていて、私は驚き、やがてうろたえ始めた。このレコーダーは、指定された番組が終了した上で時間枠そのものの録画が続いている場合は、最初に録画した回のタイトルに戻ってそのままずっと録画されるという仕様になっている。『殺人処方箋（前）』は、私が最初に録画したコロンボだった。ということは、私が学生のＳＮＳのチェックに追われて四苦八苦して録画した番組をほとんど観れないでいるうちに、コロンボは終了してしまったということだ。なんだよ二十本ぐらいはやるだろうと思ってたら十本ちょっとぐらいしかやらないのかよ。罠だ。傑作選の罠だ。

　すぐにやるべきことは、あと何作視聴可能なコロンボがあるのか確認することなのだが、現実を突きつけられるのが怖い、とその時には思った。私はあまりに疲れていて、コロンボの録画の残数を気にするという別の心配を背負い込む気力がもうなかった。

　リストの一番上段にある問題に蓋をした場合、人間は往々にして二番目以下の問題と向き合って、なんとなく自分に対して「やっている」感を出すものだ。その時の私もそうだった。つまり、コロンボが終了したと思われる翌日の、おそらくコロンボではない『殺人処方箋（前）』を再生し、何が録れているのかを確認したのだった。

　青汁の通販のＣＭのあと、比較的シンプルなセット全体が正面から映し出される。セットの中ほどには、流しのようなものが設置されていて、その隣には大きな台があり、二人の女性がその傍らに立っている様子からは、おそらくこれから料理をするのだろうということが窺える。妙に軽快なホーン中心の曲が流れて、『自炊ヘルパー！』というタイトルが現れる。そして二人の女性は勢いよくお辞儀をする。

「こんにちはー、この時間帯に引っ越し一回目の自炊ヘルパー始まりました。この番組では『料理』という言葉を使うのもはばかられるぐらい簡単だけれども、毎日のごはんどきに確実に役に立つメニューの作り方を紹介します。教えてくださるのは、こちらの加賀美《かがみ》綾子《あやこ》先生です。こんにちは！」

　よく見ると目元に濃い隈ができていて、どうも疲れた顔つきの加賀美綾子先生は、こんにちは、ともう一人の女性に会釈する。

「お疲れですが大丈夫ですか？　今日はめちゃくちゃ楽そうなんで気を抜いて！」

「はい……」

「司会はムーンＴＶアナウンサーの松田でお送りします！」

　疲れている様子の加賀美先生は私と同い年ぐらいで、元気な松田さんは五つぐらい年上といったところか、と考えているうちに、番組はＣＭに入った。また別の会社の通販の低反発座布団と、プラセンタ原液の宣伝をしている。

　ＣＭ明けには、加賀美先生と松田さんがいきなりスーパーをうろうろしている様子が映し出された。放送日の前々日の日付と「午後九時　閉店間際」というテロップが入る。二人はそのことについて何の説明もしないので、どうもいつものことのようだ。松田さんは、これです先生、残ってましたね二パック！　危なかったですよ！　と商品がほとんど残っていない肉売場を指さす。加賀美先生はのろのろと鶏もも肉のパックをのぞき込み、いいですね、いい値段です、これだな、と言う。１００グラム89円、とある。確かにいい方の値段だと思う。加賀美先生は、松田さんの買い物かごに２５０グラムの鶏もも肉のパックを入れ、やはり89円のネギを一本手に取ってそれは自分で持って二人でレジに並んでいた。

　スタジオに戻り、松田さんは、買い物これだけかよって感じですね、とはきはき言う。加賀美先生はうなずき、必要な調味料は、醤油、砂糖、料理酒の三つだけです、とどこか浮かない顔つきで続ける。

　料理は「フライパン焼き鳥」で、加賀美先生は実際に最初から最後まで作ってみせた。ネギを適当に切る、肉を適当に切る、フライパンで適当に焼く、焼けてきたら調味する、の全工程に十五分もかかっていなかったように思う。松田さんは、あまりに早くできたのでアンコールがあるそうですよ！　とふざけたことを言ったのだが、加賀美先生は実際にＣＭ明けにもう一度料理を作ってみせた。

「早いですねー」

「早いですね。これは私の調理スキルによるものではなく、どなたでもこの程度の時間でできます」

加賀美先生はそう言ってニヤリと口角を上げる。そして松田さんと加賀美先生は、調理器具を流しに適当に置いて手を洗い、焼き鳥を食べ始めた。

「いや、おいしいですこれ。夜の九時にスーパーで買えるものでこれだけのものが食べられるとは！」

「ほんとにね、職場からの帰りが少々遅くなっても、この程度は食べられますよ」

松田さんと加賀美先生の会話から、私は鈍い頭でだんだんとこの番組の主旨を理解し始めていた。夜遅くでも買える食材でものすごく速く一品作る。これはまさしく料理ではなく自炊の番組なのだ。

「外食を何にも決めたくないけど何か作るのもめんどくさいしかといって出前やインスタントも嫌だ、という時にこれ作ろうと思います私。最低限ネギを丸一本食べたっていう言い訳が立ちますし」

「えらく狭いシチュエーションですね。私は先月離婚が成立したんでもう何もやる気出なくてこればっかり食べてますよ。今日も帰って食べますよ」

加賀美先生は再びニヤリと笑う。私は、いいよそんなことまで言わなくても……と良心的な反応をしつつ、もしかしたら離婚直後でも作れるような食事という提案としては有用なのかもと頭では考える。

　その後、松田さんと加賀美先生は、いろいろ大変だったけど、離婚が調停にもつれ込まなくてよかった、という話をして、それではまた来週！　と強引に番組を締めていた。

『自炊ヘルパー！』の後は、天気予報だった。コロンボの時にはなかったので、これもどこかの時間帯から移動してきたのだろう。穏やかな語り口、といっても、天気予報のほぼすべてがそうなんだろうけれども、その中でもひときわ落ち着いた声の、妙に着込んだ男の人が、明日の天気、週間天気、について説明をした後、明日はぐっと気温が下がるので、私の今の格好のように暖かくしてお出かけください、と提案する。その小柄で堅太りで顔が丸い気象予報士は、梨川《なしかわ》さんというそうだ。梨川さんは、ダウンのジャンパーの前を閉め、マフラーとニット帽を身につけ、ミトンをはめていて、ニットはすべてノルディック仕様できまっていた。確かにこの時分、ちょっと気温が上がってたのにいきなりがくっと寒くなった時期があったな、と思い出した。私はそれで風邪をひいて少し熱を出したのだけど、ＳＮＳのチェックの仕事を一日でも溜めたくなかったので、薬を飲んで出勤したのだった。

　録画の再生が終わり、私はテレビで現在放送している囲碁の番組をぼんやり眺めながら、とりあえず今日はフライパン焼き鳥を食べよう、と考えた。学生たちのＳＮＳのチェックを始めてからすぐに、私は料理をする気力を完全になくしたので、実に一か月ぶりの自炊だった。

入社希望の学生のＳＮＳチェックは、うちの部署で毎年持ち回りでやっている、採用活動の下準備のようなものだった。基準が複数あると混乱してくるので、基本的には一年度につき、三月の一週目から三週目まで一人でやる。私は四年逃げ回ったあげく、部署の最後の一人として、今年お鉢が回ってきた。

ＳＮＳをやっているかいないかについてはプライバシーなので、アカウント名をかならず提出してくださいという事はないのだが、学生たちが「これは見せられる」と判断した中でも、まずいなという記述や画像はけっこうあって、そういう人は要注意とマークされた。「よその人には見せられない」ものを隠せる知恵がある人はまだいい。そういう選別ができるのもまた分別があるという事だ。会社にとってまずいのは、自分が変なことを投稿しているのに気が付かないで公開してしまうタイプの人だ。基本的には「懸命なだけの〈普通の人〉」で問題ないし、実際採用基準については学歴を問わない。しかし、変な人はどうしても入れたくないらしい。部署は違うのだが、この数年間、二年に一回、社内の情報漏洩をする人、お客の個人情報をSNSでしゃべっていた人、取引先の人のネットストーカーになりかけた人、人事部長に妄想を抱いてその妻の悪い情報をSNSでばらまいた人、を次々雇い入れてしまったがために、会社がかなり慎重になっているのも致し方ないように思う。

　けれども、すべての入社希望の学生が普段どんな情報に触れているのかを把握するというのは、学生が表面に出していいと判断しているものだけでも骨が折れる。情報疲れというのは実際にある。たとえば私は、リフレッシュ休暇の取得を申請した後、SNSチェックの作業の中で旅行先でも決められればな、などと甘いことを考えていたのだが、学生たちが検討していた／検討しているあらゆる旅行先の訴求に目を通し、そしてその先でだいたい「行っておくべき」と脅され、逆にもう旅行へは行きたくなくなっていた。

　すべての情報が「有用です」という仮面を付けていると、何もかもが並立化してしまい、何が自分にとって有用なのかについての判断を強いられる。私はもう判断したくなかった。だからこそ、時代も違うし国も違う、そして内容にほとんど有用性がないコロンボに逃げたかったのだ。

　久しぶりに自炊をした次の日、なんとなく惰性で『自炊ヘルパー！』の次の日の『殺人処方箋（前）』を開けたところ、『週刊ムーンＴＶ』という番組が始まった。明らかに知っている声が聞こえる、と思って目を凝らすと『自炊ヘルパー！』にも出演していたアナウンサーの松田さんがメイン司会のようだった。内容は、週間ニュース解説、血液型占い、人生相談、天気予報とのことだが、明らかに寄せ集めで焦点が合ってない感じだ。間違いなく、この休暇中でなければすぐに停止して消去していた番組だと思う。

『自炊ヘルパー！』と大差ない口上とＣＭの後、「週間ニュースセレクト」というコーナーが始まった。松田さんによると「出演者とスタッフで厳選した週間ニュースのコーナーです」とのことで、前の放送から今回の放送までの七日間のニュースを一日につき一本選ぶ、という主旨らしい。内容は、東北の雪不足、英国のＥＵ離脱後について、ＡＤの水野さんの実家の裏の川に今年も白鳥が来た話、シリア政府軍のイドリブ県侵攻、モーグルの試合結果、ホワイトデー商戦の開始、今年売れている鍋のつゆの種類などばらばらで、松田さんは一応すべての話題に対してそれなりに含蓄のある言及をしていたので、もしかしたら元気なだけの人ではないのかもしれない、と迂闊にも思いそうになった。

週間血液型占いは、それぞれの血液型を順位付けしてその週の運不運を決めるという嫌なものだったけれども、不運を避けるために「今週はこれに気をつけましょう」という感じで提案されるのが、「今週はあいさつに力を入れましょう」「今週は寝られるときは寝ましょう」「今週はゆっくりお風呂に入りましょう」「今週はよく水分をとりましょう」というちいちハードルが低いのがどうも気楽だった。

ムーン人生相談は「ライフスタイルというものがわかりません。おしゃれで、充実した生活をしている友人から『あなたの生活にはスタイルというものがないの？』とからかわれました。気にしないようにしていましたが、ふとしたときに思い出して悔しくなります。私はどうしたらよいのでしょうか？　彼女の真似をしたらよいのでしょうか？」という三十一歳の女性からの相談で、松田さんは「絶っっっっっ対その人の真似をしてはいけません」といきなり断言した。同席している若い女性アナウンサーも「あーそうですそうです。それはよくない」とうなずく。「思う壺ですよ。永久に駄目出しされますよ」「飼い殺しですね」松田さんと若い女性アナウンサーは、何か自分の経験を思い出しているのか、顔をしかめながらアナウンサーらしくはきはきと偏った主張をする。個人的におもしろかったのは、二人ともが「嫌」という表情を作っているのに、見ているこちらにあまり不快感がないことだった。アナウンサーだからだろう。会話の内容から若い女性アナウンサーは、林本《はやしもと》さんという名字であることがわかった。

「そういう場合はね、あなたの生活ぶりにクレームを付けてきた人の予想外のライフスタイルを採用するといいと思います。阪神タイガースのファンになるとかね」

「松田さん自身の話じゃないですか」

「何もやることに困らないですよ。オフシーズンであってもストーブリーグにキャンプ情報、春夏は関連球場ということで高校野球にも詳しくなりますし」

どうでしょう!?　と松田さんは鼻息荒く薦めてくる。林本さんは、私は中日が好きなんですけど、とやや小さい声で打ち明け、それからテレビの向こうに誰かいるかのように背筋を伸ばして語りかける。

「ライフスタイルを作るということは、誰もが簡単にやっていることのようでいて、実は難しいことです。選択肢とその組み合わせが無限にあって、何が自分にちょうど良いかが実体験でしか判断しづらく、また相談者さんのご友人のように他人をジャッジすることで感情的な報酬を得ようとする人も現れます。いっそもう年相応のライフスタイルなどというものは放棄して、親と学年誌と学校と友達の言うことを聞き入れたり聞き入れなかったりして適当に暮らしていた、何者でもなかった小学校低学年の頃に戻りたいとすら思います」

「タイガースファンである時の私は、女性でも母親でもありません」

松田さん子供いるのかあ、と私は自分がひとりでに呟いていることに気付く。

「大人がライフスタイルを作っていくことは、年々難しくなっています。雑誌やテレビなどの老舗メディアからの訴求、ＳＮＳ内での他人の立ち居振る舞い、情報で目が肥えた気分になって批評家のように他人を見る知人友人家族など、敵なのか味方なのかもはっきりしない、というか日によって立場が変わる発信者からの膨大な情報に、私たちは晒されています。膨大な情報を選別することは、その作業だけで私たちを疲れさせ、最悪の場合選択そのものを放棄させます」

「そこで阪神一択ですよ」

「それも対処の一つですね」

　林本さんは、松田さんの阪神押しをきっぱりと肯定する。それから林本さんは、六種類のジャムの試食販売と二十四種類のジャムの試食では、六種類のジャムの試食販売の方がジャムの売れ行きが十倍も良かった、という実験結果がある、という蘊蓄《うんちく》を語って、いかに判断というものが面倒かを説明し、松田さんは、ならその話をその友達にして「疲れてるからしばらくは適当でいる」と話せばいいんじゃないでしょうか、と最後に相談の答えらしき内容を言った。

　番組が終わり、梨川さんが天気予報でやはり帽子とマフラーとミトンを身に付けて「明日も寒くなります」と言っているところを見届けた後、私はまた最初から『週刊ムーンＴＶ』をテレビで流しながら、確かに自分のライフスタイルはこの数週間ぐらいの仕事で少しずつ崩壊していったんだな、と考えていた。四方八方から何か言われると、却って何もできなくなるのにも似ている。普通の場合は、なんとか不要な情報は真に受けないで捨てているのだが、インプットがあまりに膨大で一日中なのが何日も続くと、もう「真に受けない」という態度をとるのも難しくなる。

再び、阪神タイガースのファンになることを薦めるアナウンサーの松田さんを眺めながら、自分にとっての阪神は何なのか、と考え始めた。コロンボか。もうそれでいい気がする。毎日レインコート着てたら雨が降っても心配ないし。でもあの普通のコートに見えるレインコート、通販ですぐ見つかるだろうか？

その日の夜も、私はフライパン焼き鳥を作って食べた。ごはんはスーパーの白飯を買った。もしかしたら、明日ぐらいには炊飯器でごはんが炊けるかもしれないという予感がした。レインコートはまだ探さなかった。

次の日もそれまでと変わらず暗い部屋で横になっていることが多かったが、夕方に起きあがってお茶を淹れ、とりあえず昨日視聴した『週刊ムーンＴＶ』の翌日の同じ時間帯の番組を再生してみた。それまでと違っていたのは、一応「どんな番組やってたんだろう」

ぐらいの好奇心はあったことだ。

始まったのは『街かど出たとこクイズ！』という番組で、司会は昨日中日ファンだと告白したアナウンサーの林本さんだった。どうも、林本さんがムーンＴＶの放映地域のいろんなところに行って、現場で出演者を募るというクイズ番組のようで、優勝商品は、お店や企業をやっている人ならムーンＴＶで朝の八時、正午過ぎ、十六時、二十時で必ず長尺のＣＭを流せる、という権利を獲得できたり、一般の人なら二十万円の商品券を贈ってもらえたりするらしい。

その日番組は、瑠ッ場《るんば》青山市《あおやまし》という場所を訪れていて、参加者は、東瑠ッ場駅前商店街のみなさん、とのことだった。ちょっと寂れてるかもな、という感じの商店街の、献血や福引きなどのためにありそうなニュートラルなスペースにセットを作り、林本さんは地元で募ったという、八十五歳の女性から六歳の男性まで、老若男女とりまぜた十人の解答者をどんどん紹介していった。東瑠ッ場駅前でつかまえたそうだ。

いろんなカテゴリの人が参加する、ということで、クイズの内容は、知識を競うというよりは勘や常識的な尺度を試すものが多かった。たとえば、東瑠ッ場駅前商店街の和菓子屋狸庵の芋きんつばをイートインで食べた場合のお客の第一声でもっとも頻度が高いフレーズは何か？　というような。正解は「おいしい」でも「甘い」でもなく「熱い（もしくはほかほか)」なのだそうだ。お会計時に、中で食べます、と申し出ると、再加熱してくれるからしい。

その日印象に残ったのは、東瑠ッ場駅前商店街にある地域包括センター「フリージア」の所長の小池温子さんが、最近家に帰って必ずやってしまう心安らぐことがあるのだが、何をしているのでしょうか？　という問題だった。動画ではなく、顕微鏡レベルの画像が、次第に、千倍、百倍と拡大率を下げつついろんな角度を映し出していって全容がわかってくる、というクイズで、最初は黄緑の繊維のようなものに始まり、黒くて鋭くとがった刃先のようなものが映し出され、どうも布とはさみのようなものだ、というのはすぐわかったのだが、布とはさみでやることが多すぎて、けっこうみんなフライングの誤答を連発していた。ようやく、四人目の解答者である六歳の男性、瑠ッ場青山山手小学校の杉原君が「くつしたの毛玉取り！」と叫んで正解し、最後に毛玉がみっしりと付いた靴下と、毛玉を取って驚くほどすっきりしたもう片方の靴下を両手に持ってにっこりと笑う小池さんの画像が映し出されて問題は終わった。

小池さんが毛玉を取った靴下は、思わず虚を衝かれるほどすっきりしていて、私は、中学生の頃に大きな頬の角栓が取れて出血したがびっくりするほど気が晴れた時のことを思い出した。

　もう一本の画像問題も、小池さんのもう一つの趣味で、今度もやはり白い繊維のようなものからひたすら遠ざかってゆくだけだったのだが、折り畳まれた繊維の面が互い違いに重なっている、ということが判別できる画像が映し出される段階まできて、今度は八十五歳女性の愛原さんが、ボタンを押した後に少し首を傾《かし》げて、えーと、道でもらえるティッシュを……、中から全部出して新しく詰め替える……？　と長い答えを言って正解していた。愛原さんの長い答えを、林本さんは目を輝かせてうなずきながら聞いていた。最後にまた小池さんが四角い木製のケースに収納されたポケットティッシュをうれしそうに引き出している様子の画像が映し出された。

　いい大人がひたすら何をしているんだとおっしゃる向きもあるでしょうが、心が安らぐのです、と小池さんはコメントされていました！　と林本さんは言っていた。

　その日の天気予報では、梨川さんはコートを着て折りたたみ傘を手に、明日は降ったりやんだりのお天気です、折りたたみ傘の方が邪魔にならないかもしれませんね、とコメントしていた。

　私は昨日と同じように、もう一度『街かど出たとこクイズ！』を最初から再生し直して全編視聴し、さらにもう一度再生しながら、ベッドから降りて米を二合研いで炊飯器にかけた。そして買い物に出かけて、鶏肉とネギを買ってきた。

食事の後は、あまりに毛玉がひどくて見るのも嫌になっていた冬用の裏起毛の靴下と、糸切りばさみを出してきて座卓の上に置いた。その日は手をつけなかったが、休暇のどこかで作業にかかれたらなと思った。

その次の日も、私はやはり夕方まで暗い部屋で横になっていたのだが、用を足しに起きあがった際に、座卓の上に置いた毛玉だらけの靴下がどうしても気になって、エアコンを付けて座り込み、靴下を手に取ってみた。昨日観た『街かど出たとこクイズ！』の出題者の小池さんが、毛玉の量が多いと普通のはさみより糸切りばさみの方が楽、と言っていたので、はじめから糸切りばさみを用意したのだが、確かに、糸切りばさみは力を抜くと自然に刃が開いて戻るので、普通のはさみを持ったときの、刃を「あける」「しめる」という動きのうちの「あける」が省略されて良かった。

心が安らいでいるかどうかは知らないけれども、糸切りばさみを持って靴下の毛玉と向き合っている時間、私はおびただしい情報に自我が押し流されたことについて考えなくてすんだ。確かに、小池さんによるはさみの違いについての解説も情報ではあるけれども、その蛇口からの水流はきわめて細く、受け取ることにほとんどエネルギーを必要としないものであるように思われた。

　毛玉靴下のつま先の部分をひとしきりきれいにすると、私は「よーし」などと言いながら、昨日の『街かど出たとこクイズ！』と同じ時間帯の次の日の番組を再生した。何が網に掛かっているのかな、ぐらいの気持ちにはなったのだった。なんだか漁をしているようでもある。

　その日は、『スポーツ・アンド・ミー』という比較的静かなスポーツドキュメンタリーで、ムーンＴＶのスタッフや関係者が好きな比較的知られていない競技を紹介するというもので、その日は気象予報士の梨川さんが、自分がインドネシア旅行で出会ったカラパン・サピという競技を紹介していた。二頭の牛を梯子のような独特のくびきでつなげて、その間に人が乗って牛を走らせてそのタイムを競うというレースだった。飾りたてられた牛たちや、騎手の少年たち、そして牛が駆け出すと同時に、後を追って自らも走り出すおびただしい数の観客たちの姿が印象的だった。騎手が大人でないのは、体が小さい方が有利だからだという。梨川さんは、私が参加していいんでしょうか、緊張します、と言いつつも、牛が出走する度に、地元の人たちと一緒になってそれを追いかけていた。梨川さんは、もともと笑顔の素敵な人だったが、その日は天気予報をやってる時とはまた違う、解放感に満ちたさわやかな笑顔を浮かべていた。

いいなあ、と私は呟きながら、靴下の毛玉を取っていた。生やしっぱなしにしていた毛玉はやっぱりものすごい量になっていて、靴下の片方のつま先からくるぶしのあたりのエリアだけでも、片方の手のひらの上にこんもりとするぐらいは採れた。確かに、心が安らぐというか、はさみを動かしつつ次の毛玉に狙いを定めている時は、よけいなことを考えない。

ほんの少しだけ、カラパン・サピのことを携帯で調べようとしたが、やめておいた。子供にこんなことをやらせるなんてとか言われてるんだろうな、という推測もあったけれども、それ以上に、とにかく靴下の毛玉を取りながら、梨川さんのいい笑顔を見た、という経験を、それだけの形で自分の中に保存したいと思った。

番組が終わるとまた梨川さんが出てきて、天気予報が始まった。梨川さんは、その日はジャケットに中はネルシャツ、少し薄手のマフラーを巻いてデニムを穿き、明日から数日は四月並の陽気となります、思い切ってコートを家に置いて出かけても大丈夫ですよ、と言った。

そうか、と私はうなずいた。天気予報を録画した日は何週間も前だが、そんな陽気な日があったのなら、外は思うより暖かいのかもな、と思った。そういえば、最後に出勤した日はコートの中に汗をかいていたような気がする。あまりに疲れすぎていて、もう着るものに変化をつけることなどできなくなっていたのだと思う。休みのうちに、一回でいいから買い物以外で外に出てみようかな、と私は部屋の窓を少しの間眺めて、もういつ開いていたのか思い出せないぐらい長い間閉まっていた遮光カーテンを開けた。

その次の日は、それまでの休みよりは少しだけ早く起き出して、お茶を淹れた後、備蓄していたインスタントラーメンで昼ごはんを食べた。太陽の光が赤みを帯びていないところを久しぶりに見たんじゃないか。

昼ごはんの後は、すでに観たコロンボを流しながら、ひたすら靴下の毛玉を取っていた。取った毛玉は、もはや手のひらにこんもりどころかお茶碗に盛ってもおかしくないほど採れていた。もちろんそんなことはしないけれども、ある種の充実感はあったので、座卓の真ん中に山のように集めて、その山越しにコロンボを眺めていた。

『殺人処方箋』と『秒読みの殺人』のこの休み中の何回目かを観たところで、私は昨日の気象予報士の梨川さんのスポーツドキュメンタリーの次の日に何が録画できているかを確認することにした。やはり、仕掛けている網を見に行く気分で、少しは楽しんでいると言ってもよかった。

その日に再生したのは『地味旅ムーン』という番組で、不定期で放送している番組の総集編だとのことだった。やはり松田さんと林本さんがどこかに行ってきたようで、加賀美先生までが駆り出されていた。

最初に出てきたのは林本さんで、ずっと行きたかったという冬の釧路に行き、根室まで花咲線という電車に乗っていた。電車に揺られながら、林本さんはひたすらぼーっとしていた。その林本さんは『週刊ムーンTV』とも『街かど出たとこクイズ！』での林本さんとも違っていて、たぶん素顔の林本さんだった。あまりにもぼけーっと雪景色を見ているので、何か言ってくださいよ、とスタッフに言われた林本さんは、少しむっとしたような顔をして、私はいいんですよ、主役は景色なんです、と言い返していた。私はその林本さんを眺めながら、アナウンサーとかやってはきはきてきぱきして見えるけれども、本当は理屈っぽい、悩みも多い女の人なのかもしれないな、と考える。もう一度、何か言ってくださいい、と言われた林本さんは、目を細めて窓の外を見ながら、もういいじゃないですか、と言った。

「こんな遠いところまで線路が通ってて、私は仕事で電車に乗れて、ときどき建物があって人が生きてて、平原があって、それでいいです」

それから林本さんは何も話さずに、窓枠に軽く身を乗り出しながら外の景色をずっと眺めていた。

　松田さんは天気の悪い中、大台ヶ原に出かけていて、秋雨、秋雨、秋雨ですよこれー、えー十一月はあんまり降らないって言ってたじゃーん、とぶつぶつカメラに話しかけながら、ごついレインコートを着込みすぎてもはや誰だかわからない様子で雨の降りしきる木道を歩いていた。倒木と立ち枯れた木が点在する、寒々しいけれども強烈に感情をかき立てられる正木ヶ原の風景について、この世のものとは思えない！　と感動していたものの、途中からあまりにも雨と霧がひどくなって引き返すはめになっていた。

　ビジターセンターに戻った松田さんは、しょっぼいですねー私、持ってなくてすみません、とカメラに向かって平謝りし、でもですね、今回は私のキャリアを賭けてビジターセンターの様子を紹介します！　とコケの展示やレクチャーホールで見られる動画の内容、葉っぱの拓本などについて紹介していた。松田さんは何にでも興味を示すし、周りの人にもがんがん話しかけるので、それなりにおもしろかった。

『自炊ヘルパー！』の加賀美先生は、第一回の旅人らしく、春の木曽路に出かけていた。妻籠《つまご》宿、馬籠《まごめ》宿、中津川《なかつがわ》宿と南下していく旅で、江戸時代の町並みに興奮したり、木曽川をのぞき込んで、石の一個一個がでかい！　と叫んだりしていた。朴葉《ほおば》焼きという、肉や野菜やきのこを葉っぱの上で味噌焼きにする、地元の名物の鉄板焼きについては、うまい！これ開発する！　たぶん簡単！　とそれ言っていいのかという身も蓋もない感想を述べていた。

その後一晩明けて、加賀美先生は山桜の群が道の片側に咲いている車道をてくてく歩いてバス停を目指しながら、空が広いなあ……、と呟いていた。山桜の群の向こう側にも、加賀美先生の行く先にも山々が広がっていて、緑の中にところどころ花木の赤やピンク色の雲がかかっているようだった。加賀美先生は、それをいちいち指さしながら、きれいだ、きれいだ、とただ所感を話した。そして突然、決めた！　と叫んで、到着したバス停のポールをぐっとつかんだ。いい頃合いで、バスが道の向こうからやってくるのが見えた。

何も説明しなかったが、加賀美先生はこの時に旦那さんと別れることに決めたんだろう、と思いながら、私はついに毛玉をすべて取り終わった両方の靴下をぴったりと重ねた。梨川さんの天気予報が始まった。その日の梨川さんは、薄いグレーのキャスケットにレモン色のブルゾンという、梨川さんの年齢や体型にしてはちょっと攻めた格好をしていて、明日も暖かいです、似合っているかどうかはあまり気にせず、まずはお好きな服装で、と笑っていた。

私は、山をなす毛玉を両手でかき集めて、ゴミ箱に捨て、もう一度『地味旅ムーン』を再生した。休みはあと五日あった。明日はまだ難しいとしても、あさってならもしかしたら出かけられるかもしれないなと思った。宿はまだどこか空いているだろうか。日帰りでもいいか。電車に乗ったり風景が見れたらいいか。もう雨でもいいか。

限りなく条件を緩めながら、私は窓の外の薄雲がかかる空を少しの間眺めて、やがてお茶を淹れるために立ち上がった。

台所の停戦

日曜の夕方前に昼寝から起こされ、娘に、今日は台所を使っていいかと訊かれた。私はまた、できもしないクッキー作りなどに付き合わされるのだろうか、と少しうんざりしながら、いいけど、お菓子を作るにしてもバターがないよ、と答える。娘の読む女の子向けの雑誌には、ときどき焼き菓子の作り方などが掲載されていて、私はそれをちょっと疎《うと》ましく思っている。焼き菓子を家でいちから作るのは不経済でめんどうだ。娘に言ったように、うちはパンを食べる習慣がないので、意識しないとバターが冷蔵庫にない状態だし、やたら時間が掛かるし、子供はお菓子を作るのに、ただ材料を混ぜて黄色く焼いただけでは満足しない。必ず、雑誌の華美な写真のように、クリームやアラザンやデコレーションペンで飾りたがる。お菓子本体より、飾りのほうがお金がかかる。小学五年は、混ぜてフライパンで焼くだけのホットケーキみたいなものは、単純すぎてつまらないと思っているのだ。女の子雑誌には、もっと簡単で実際的な料理を提案して欲しいと思う。

　娘は、私の予想に反して、お菓子を作るんじゃないよ、と言う。学校の家庭科の授業で、ほうれん草とベーコンの炒め物を習ってきたので、それを晩ごはんにしたいのだそうだ。

「だからお金ちょうだい」

「ほうれん草とベーコンのお金？」

「うん。とりあえず五〇〇円ぐらい？」

私は、そんなにかからないよ、という言葉を飲み込んで、ソファの隅からバッグを引き寄せる。

「たぶん余るから、おつりは返してね。他のお菓子とかは、おこづかいから買って」

そう言いながら五〇〇円玉を渡す。娘は、わかった、と言って、どこか弾んだ調子で家を出ていった。私はすぐに、昼寝を再開するために目をつむる。娘はきっと、五〇〇円を使い切って戻ってくるだろうと思う。そのことは咎めまい。ひとまず、料理に興味を持つのはいいことだ。うまくしたら、週に一度ぐらいは、平日会社員をやっている私の代わりに、晩ごはんを作ってくれるようになるかもしれない。そうなったらこっちのもの……。

次に私を起こしたのも娘だった。へらはどこ？　と言うのだ。ほうれん草とベーコンをフライパンで炒めるのに必要なのだという。学校でも使ったし、教科書にもそう書いてあるらしい。へらはないよ、と私は答える。娘は焦った様子で、じゃあどうするの？　と訊いてくる。

「菜箸を使えば？」

「さいばしってなに？」

私は、少しずつ気が立ってくるのを感じながら、ソファから降りて、台所の引き出しを開け、菜箸を出して娘に渡す。娘は、いきなりやる気をくじかれた様子で、もたもたとまな板を下ろし、ほうれん草を洗って切る。茎の部分をほとんど切り落としてしまっているのを見て、私は、そこ食べられるよ、と指差す。娘は、何も言わずに、切り落とした茎をよけて、葉の部分を恐る恐る刻んでゆく。しっかり野菜を持って、ゆっくり包丁を動かして、指には気を付けてね、と私は念を押すように言う。娘はうなずく。

じっと見ていられるのもいやだろうと思ったので、私は、スーパーの袋から娘が買ってきたベーコンを出して、値段をチェックする。使い切りのハーフサイズのものを三個パックにした商品じゃなくて、レギュラーサイズの十枚入りのパックを買ってきている。私は、これじゃこのまま保存しにくいから、これからは三個に分かれて二八〇円とかのを買ってきて、と言う。やっとほうれん草を切り終わった娘は、うん、と返事をして、私からベーコンのパックを受け取る。肉と野菜では野菜を先に切る、ということは教わってきたようだ。

一枚一枚ベーコンをはがして、大きめに切り終わった娘は、フライパンを出してきてガス台に置き、そこにサラダ油をなみなみと注ぐ。私は、そうじゃなくて、そこにキッチンペーパーを油に浸したやつがあるから、それで油をひいて、と言う。娘は、だんだん余裕がなくなってきたのか、うなずきもせずに、ベーコンをフライパンに置いて、ガス台に火をつける。

「ベーコンから脂が出るから、そんなにサラダ油を使わなくていいの」

私が言うと、娘は、だって、学校でこうやったし、と小さい声で反論する。私は、そう、とだけ返して、娘がよけたほうれん草の茎を洗って、根本から切り分け、娘が切ったほうれん草の山に混ぜる。娘は、真剣な顔つきでフライパンを見つめながら、慎重にベーコンを裏返している。私は、フライパンを娘の肩越しに覗きこんで、そろそろほうれん草を入れてもいいんじゃないかな、と言う。娘は、一瞬混乱したように私の顔を見て、傍らに置いた教科書に視線を落とし、ほうれん草をフライパンに投入する。一度に全部入れてしまったので、娘はほうれん草の山に手こずりながら、やりにくそうに菜箸でかき混ぜる。

私は、今日のおかずは貧弱になるなあ、と思いながら、冷蔵庫から冷えたごはんを出して、茶碗に分けてレンジで温める。娘は、何度も何度も、神経質なぐらいにほうれん草とベーコンをかきまぜて、しんなりしてくると火を止め、食器棚にお皿を取りに行く。

「先にお皿を出しておくと料理がさめないよ」

娘は、うんとうなずいて、テーブルの上にお皿を置いて、フライパンを持っていく。私は、それはテーブルの上でやらないで、ガス台の上でやって、テーブルが汚れるから、と言う。娘は、だんだん混乱してきた様子で、いったんフライパンをガス台に戻し、お皿をそちらに持っていく。私は、見ていられなくなってきて、貸して、とフライパンを取り、二枚のお皿に分ける。娘は、どこか肩の荷が下りた様子で、椅子に座る。私は、保存食品の引き出しを開けて、缶のスープを取り出す。日曜の夜のおかずが、ほうれん草とベーコンの炒め物だけではあまりにつらいから。

娘の初めての、お菓子作りじゃない料理は、あまりおいしくなかった。ほうれん草は油っぽいし、味付けの塩とコショウも忘れていたから後で足した。娘は、ちょっとまずいね、と顔をしかめながら、情けなさそうに言った。学校ではもっとうまくできたのに。

「木瀬《きせ》さんが班にいたからかな」

「そんなことないよ。一人でやるのは大変ってことよ」

娘が、クラスでもいちばんぐらいにませた女の子の名前を出したので、私はその子が嫌いだから、学校での料理の成功の原因として強く否定する。

「誰だって最初は失敗する」

私は、自分が初めて料理をしたときのことを思い出しながら、母親にかけて欲しかった言葉を口にする。どうだっただろうか。母親は、私の料理は食べなかったと思う。

料理を作るだけ作って満足した娘は、食べ終わると食器を流しに置いて、そのまま部屋に帰ってしまった。私は、やりっ放しにしないでね、と娘を呼びに行き、調理に使った器具と食器を洗わせた。それなりに一所懸命やっていたが、フライパンにはほうれん草がくっついていたし、お皿の端は油で汚れていた。私は、そのことまでは言わずに、娘を部屋に帰した。

　夜の八時になると、母親が日帰りのバス旅行から帰ってきた。ただいま、という言葉の後に、やかましくその日の旅行の感想をまくし立てて、私の相槌も待たないうちに、ところで何作ったの、部屋の空気が油っぽいんだけど、と顔をしかめた。凪子《なぎこ》が晩ごはんを作ったの、ほうれん草とベーコンの炒め物、と答えると、母親は、そ、と何の感慨もなくうなずき、また、油っぽい、と言いながら首を振って、冷蔵庫を開けた。

　最初の失敗にも娘はめげずに、しばらくすると、粉ふきいもを作りたい、とおこづかいでじゃがいもを買ってきた。ケストナーの『点子ちゃんとアントン』を久しぶりに読み返して、アントンの作る塩ジャガイモなるものを食べたくなったらしい。私はじゃがいもが特別好きでもないので、肉じゃがやカレーの時にしか入れないし、娘の作りたいものの作り方は知らない。娘によると、家庭科の副読本に作り方が掲載されていたのだという。

その日は、私も台所を使うつもりだった。会社の昼休みに、豚肉と水菜の鍋をした、という話を聞き、午後は仕事をしながら、ずっとそのことを考えていたのだ。明日にしてくれる？　と言うと、娘は、ちょっとだけだから、と退かなかった。私は仕方なく、娘と台所を共有して料理をすることになった。

　娘にじゃがいもを剝かせることは骨が折れた。どうしたらいいの？　とたずねられても、ピーラーの金具を表面に当てて動かすだけだと思うので、その通りにしか答えられない。私は水菜を刻みたかったが、娘はピーラーを手にしながら、じゃがいもを動かしたらいいのか、それともピーラーを動かしたらいいのか決めかねる様子でまな板を独占し、のろのろ皮を落としている。隣でそんな要領を得ない動きの気配がするだけでも、私はやきもきした。そのうえ、自分が動きたいように動けないし、おなかもすいてきていた。

　仕方なく、気を取り直して、お茶でも飲もうと冷蔵庫を開ける。ドアの取っ手をつかむと同時に、中で何かがふらつく感触がしたので、そちらに手をやると、母親が押し込んだと思しき汁物のお椀が、今にも棚から落ちそうになっていた。落っことすと母親はものすごく怒るので、私は、歯を食いしばってそれを棚に戻す。お椀の奥には、もう一年ほどそこに置きっぱなしになっている羊羹があって、その上には、半分だけ使った豆腐が乗っている。同じ段には、消費期限が切れた食べかけの惣菜のパックがいくつかと、中身の分からない佃煮が何種類も詰め込まれている。その下の段にも、汁物の入った器がいくつか置いてある。なんでも片っ端からとっておくため、保存容器がいつも足りないので、食べ残しは、溜め込んだ小さな器に入れて冷蔵庫にしまうのである。

やっと皮を剝き終わった娘は、じゃがいもを慎重に四つに切り分けている。私が鍋を食べられるのはだいぶ先になりそうだ。娘がもう一つのじゃがいもに取り掛かっているところを見ながら、鍋にじゃがいもを焦げ付かせないでね、と私は言う。娘は、おそらくどうしたら焦げ付かせないでいられるかということがわからないまま、うんうんとうなずく。私は、説明をしようにも疲れが勝ってしまい、そのまま冷蔵庫に視線を戻す。

冷蔵庫にはいちおう、母親の棚（一番下と下から二番目）、娘の棚（上から二段目）、私の段（一番上）があって、そこにそれぞれのものをしまっているのだが、少しでも気を抜くと、母親の買ってきたものが私と娘の段を侵食してくる。冷蔵庫のドアの方は、娘の入れたジュースや私のお茶以外のすべての部分は母親のもので、数種類のめんつゆや、ドレッシングの瓶や、しょうが、にんにく、わさび、からしなどのチューブもので埋め尽くされていて、だいたい半分の賞味期限が切れている。チューブものに関しては、使っていたことを忘れてしまうのか、同じ種類のものが三つぐらいあったりする。危なそうなものは折を見て捨て、場所を空けるのだが、母親はすぐさまその場所を他のもので埋めてしまう。

二つ目のじゃがいもも切り終わった娘は、食器乾燥機からやりにくそうに小鍋を出している。気持ちはわかる。食器乾燥機は、母親の第二の食器棚と化して、いつもぎゅうぎゅうに詰め込まれている。なので私は、中の食器に気をつけてね、と声をかける。娘はうなずいて、やっと小さい鍋を取り出し、水をはる。

冷蔵庫の娘の段には、娘が今日おこづかいで買ってきたと思しきプリンが置いてあるのだが、私は、母親の汁物のお椀を安定させるために、それを奥の方に押しやって、娘の段に母親のお椀を置く。娘の段には余裕があるので、母親の他の溢れそうな物も、そちらに移動させる。あまりいいことではないのはわかっていたけれども、娘がいちばん物持ちではないのは自明のことだから、我慢してもらおうと思った。だって台所を使わせてあげてるんだし。

ガス台の方からは、どうも苦いいやなにおいがしてくる。私は冷蔵庫を閉じ、そちらを見て、焦がしたの？　と訊く。娘は、どうだろ、わかんない、と言いながら、火を弱めたり、鍋をガス台から離してみたりとおろおろする。

「いやなにおい。ほら、換気扇回して」

私が言うと、娘は換気扇のスイッチを入れ、ガス台の火を止める。私は、頭痛がしてくるのを感じながら、たぶんもうそれ食べられるから、台所使わせてくれる？　と娘に訊く。娘は、わかった、と食器棚から器を出して、そこにじゃがいもをよそう。私は、鍋に適当に水とだしの粉末を入れて、火にかける。そして、野菜室から水菜を取り出してやはり適当に刻む。

つらい、と思う。娘が焦げ付かせたもののにおいがつらいし、作りたい時に料理ができなかったことがつらいし、冷蔵庫の中が溢れかえっていることもつらい。母親にそれを何度言っても、私の買った冷蔵庫だから、と開き直られるのもつらい。私は出戻りなのだ。娘が小学一年の時に離婚し、実家に戻ってきた。母親は父親と、私が十歳の時に別れたので、私にとって実家とはすなわち母親の両親の家を指す。祖父母は十年前に他界した。母親は、六十を過ぎた今もフルタイムで働いていて、だからこそ冷蔵庫に詰めるものもほぼ無限に、自分の判断で買える。

しょうゆ、酒を大さじ二杯ずつ、みりんをそれより少し多めに鍋に流し込み、沸騰したら火を弱めて、水菜を入れる。少し煮たら豚肉を足す。本当に簡単な料理だ。娘の家庭科の授業でも教えたらいいのに、と思う。

娘がじゃがいもを焦げ付かせた苦いにおいは、まだガス台の付近に漂っている。流しを見遣ると、焦げ付いたままの鍋が置いてある。娘は、皿によそったじゃがいもに塩を振り、フォークで刺して食べている。よもやそれだけを晩ごはんにするわけにもいくまい。

「においがこれだし、それ、まずくない？」

私が訊くと、娘は首を振って、おいしいよ、と言う。私はなぜだか少し苛立って、じゃあ鍋もちゃんと洗ってね、と指示する。娘は、洗うよ、とうなずいて、山盛りのじゃがいもをおいしそうにどんどん口に入れていった。

豚肉と水菜を分けてやろうとすると、娘は、いらない、と言って、私と入れ替わりにテーブルを離れ、流しに鍋を洗いにいった。私は、野菜と肉と炭水化物のバランスについて一席ぶちたい衝動に駆られたけれども、また今度にしようと決める。

じゃがいもを焦げ付かせた鍋を自分なりに洗った娘は、リビングに移動してテレビをつけ、前に放送していて録画した『魔女の宅急便』を観始める。よく観ているような気がする。好きなの？　と訊くと、べつに、とは言っていたが。

自分が食器を洗う段になって流しに立つと、娘が洗ったと称する鍋が伏せて置いてある。そこそこちゃんと洗っているようなのだが、よく見ると、隅に洗い残しがあったり、しつこくこびりついている焦げがある。

「鍋」私は、隣のリビングにいる娘に聞こえるような大きな声で、気付いたことを言う。

「洗ったつもりでもまだ汚れてる」

お母さんがそこをどいたらやるよ、という娘の声が聞こえてくる。私は、確かに自分がここを離れないと娘が鍋を洗えないのはわかるので、娘のその返事を尊重する。

　自分が使った食器や調理器具を洗いながら、私が娘の立場だったなら、ということを思い出す。私の母親なら、もっとくどくど言っていただろう。もっと、というか、ずっと。私が鍋を洗うまで。洗っても、母親の基準で完璧なものになるまで。そして完璧に洗える時が来たとしても、今度は洗剤や水の使用量だとか、こすりすぎで鍋の底に傷がついただとか、料理をする時間が悪いだとか、そもそも料理をすること自体に文句を言うだろう。母親は、どれだけ私が物事を正しく進めても満足せず、絶対に何か微細な瑕疵《かし》を見つけ出してそれをあげつらう。それは、母親が完璧主義者だからというわけではなくて、母親が単に母親として振舞っているからだ。子供の中に不完全な部分を見つけ出し、それを補完するのが母親の生涯の仕事だから。

　考え事をしながら、のろのろ洗い物をしていると、娘がやってきて、冷蔵庫を開ける。娘も、母親がしまっている汁物をこぼしたらどれだけ怒るか知っているので、慎重な手付きで中を探るのだが、目当ての物は見つからないらしい。

「なんで私の段におばあちゃんのものが入ってるの？」

「おばあちゃんの冷蔵庫だからよ」

「でも、私の段って決まってたのに……」娘は納得いかない様子で、じっと中をのぞき込んでいる。「お母さん、私の入れたプリンは？」

「知らない。探しなさい」

本当は行方を知っている。でもいちいち言いたくない。私はそれを移動させた。でも私は、それの場所を正確に答えることができない。記憶喪失じゃない。母親の物が多すぎて、一度動かすと何をどこへやったかわからなくなるからだ。でもそうしないと、冷蔵庫に物が入らなくなる。

娘は溜め息をついて、首を振りながら冷蔵庫を閉じる。

「ねえ、おばあちゃんのもの、私の段に置くのやめてよ」

「それより、鍋をちゃんと洗いなさい」

「鍋と冷蔵庫は関係ないじゃない」

「そんなことない」私は、娘が洗った鍋を取り出して見せる。「この端っこにも、ここにも洗い残しがある。洗い方が悪いのよ」

娘は、眉間にしわを寄せて、何か言おうと口を開いてやめる。私が、後でちゃんと洗いなさい、とすでに娘が宣言していることを念押しすると、娘は、わかってるよ！　と強く言って台所を出ていく。そして、心持ち乱暴な足取りでリビングに戻り、一時停止していた『魔女の宅急便』を再生する。

私は、洗い物を終えて水道の蛇口を捻りながら、むやみに悲しい気持ちになる。母親の、使っているのかいないのかわからない食器が隙間なく詰め込まれた食器乾燥機を開け、中の物を最小限出して、自分の使った食器をしまいながら、私は不意に動きを止め、うなだれる。これは何かに似ている。私は母親からされてきたことを娘にやっている。

母親は、冷蔵庫の中の物を週に何度も移動させる。常にその中をいっぱいに満たしておくために、私のものを、自分の頭の中で食べるものとして認識されなくなった漬物や佃煮を、処理が面倒になった残り物を奥に追いやり、その日の食べ残しを器に入れ、ラップもかけないで前に置く。充分なスペースもないままに押し込まれた不安定な器は、冷蔵庫を開けるたびに前にやってきて、冷蔵庫の底面に落ちようとする。まるで罠のようなのだが、母親にそのつもりはない。足の早い食べ残しは手前に置いておかないとわからなくなるし、蓋のある保存容器は常にいっぱいだから、そうやって前に出しておくのが、母親にとっての最善の策なのだ。

私が食材を探すために、いつも手前に置かれている母親の器を冷蔵庫の底面に下ろして中をじっと検分していると、決まって母親は、中のものが冷えなくなる、と咎めた。だからといって、私のあれはどこに行ったの？　と訊くと怒った。激怒したと言ってもいい。母親は、私の成績が下がったり、友だちと話が弾んで午前十二時を回って帰宅したりしても、強く注意するだけにとどまる鷹揚《おうよう》な人だったが、とかく、冷蔵庫の中のことに関しては神経質だった。今になるとよくわかる。母親は、「あれどこ？」と訊かれるのが恐ろしく苦手だったのだ。冷蔵庫にどんどん詰め込んでいるうちに、何がどこにあるのかわからなくなるのだろう。それは、母親が母親である矜持を台無しにしてしまう質問事項だった。

それを補うためか、母親は、冷蔵庫を含めた台所のことに関しては、自分がルールであるという態度を貫いた。なので、台所回りのことに関してはいつも、料理などまったくしない兄の勝ちだった。社会人になっても、あれを作ってくれこれを作ってくれと言い、気に入らなければ外食をするような人間であっても、母親の領地である台所と冷蔵庫に侵入しない人物こそが、母親の最大の寵愛の対象だった。兄の「あれを作ってくれ」に叶うものが作れなければ、母親は努力したのだ。「自分でやりなさいよ」などと言わずに。兄はまんまと母親と同じような女性を探し出して、彼女と家庭を築いた先でも、家のことはやらずにすんでいるらしい。

思えば、母親は一切、子供たちに家事をしろとは言わなかった。「家事をしてやらない」というカードは何度も切ったけれども。私は、「家事をしてやらない」と言われても大丈夫なように、自分で食事を作り、洗濯をするようになったのだが、母親は私がよそで習ってきたり自分で調べたやり方を、総じて「それは私のやり方じゃない」と非難した。最初のうちは、後始末がなっていない、と言い、そこに気が配れるようになると、うちのやり方と違う、と言い、渋々それに従うと、まだここがなっていない、時間や頻度がおかしい、と段階を踏んでいく。私は無力感を植え付けられ、家の外ではいつも、何かをおろそかにして責められるのではないかという感覚に追い立てられているため、なぜか「きっちりした人」という社会的評価を得るに至った。

私は、自分の使った食器のスペース分だけ出す予定だった、食器乾燥機の中の母親の食器を、いったんすべて出して、テーブルの上に並べる。食器棚にしまうつもりだった。母親は今日は、友人たちと会食があるという。とても社交的な人なのだ。仕事もできているし、それでいいじゃないか、と思うのだけれども、家に帰ったら母親の役割を演じずにはいられない。そうするために、台所に侵入する者を責め立てずにはいられない。

そろそろ帰ってくる時間かもしれない。こんな台所のルールを乱すようなことは、きっと見咎められるだろう。それでも私は、やらずにはいられなかったので、食器乾燥機を空にした。山をなす食器を、私は、形や大きさで分類し、食器棚を開けてしまってゆく。食器棚もじきに中身がいっぱいになる。私は、その中から使わなそうなものを出して、テーブルの上に置く。捨てるか捨てないかの交渉は長くかかるだろうけれども、物置にしまっておくと言えば、なんとかその場は納められるだろう。

母親には、何を捨てたらいいのか、何を持っておけばいいのかという判断力が備わっていない。それは、認めたら致命傷になるような欠損ではないけれども、母親はそれを保持していると思いたかったようだ。理由はわからない。それが、母親の役割を演じるためには必須のものであると思い込んでいたのかもしれない。だから、それが備わっていないということが暴かれる場面に立たされると激怒するのだ。おそらくは本能的に。苦しいという自覚的な感覚すらなく、根拠をなさない不快感と不安のままに。

私も不快だった。娘の探し物の場所がわからなくなった自分が。場所を訊いてくる娘が。その、なんでもない日常の中の落とし穴のような状況が。

もうやめにしよう、と思った。これは受け継がない。冷蔵庫のことで傷付く子は私で最後にしよう。

私は、母親の残り物が入った器を、慎重に冷蔵庫の底面に下ろし、娘が冷蔵庫に入れたプリンを取り出す。自分の洗い物や娘の磨き残した鍋、不要と思われる食器はそのままにして、私はプリンとスプーンを娘が座っているソファの前のローテーブルに置く。

「プリン持ってきたよ」

「欲しくない」

「そっか。じゃあまた冷やしてくる」

私は台所に戻って、食器棚の引き出しにスプーンをしまい、プリンを冷蔵庫に入れる。今度は見やすいところに。娘の段の一番前に置いておく。私がリビングに戻ってからすこし経ったあと、娘は立ち上がって、自分でプリンを持ってくる。私は、お茶を淹れるためにお湯を沸かす。

二つのマグカップを持ってリビングに行くと、娘はちょうど、映像を早戻ししている最中だった。キキの服がかわいいので、最初の方のが好きなのだと娘は言う。娘は、キキの母親のコキリが薬を調合しているところまで戻して、リモコンを放す。

「私はいつも、このへん見るとキキは損してるよな、薬のことも習えばいいじゃない、と思う」プリンのフタを剝きながら娘は、神妙な口調で言う。「私がお母さんから引き継ぐいいとこってなんだろう」

「忍耐」

「だっさ」娘は小さく笑いながら、容器にスプーンを突っ込んでプリンをひとすくいして口に入れる。「お母さんは、おばあちゃんからなにか大事なことを教えてもらった？」

それは、具体的にはよくわからない。でも私は、しっかりしているとよく言われるし、友達も多い。母親は祖母から何を継承しただろうか、または、しなかっただろうか。

祖母は意地悪な人だった。私が成績の低下を嘆くと、その見た目じゃばかは厳しいだろうね、と言ったし、母親が夜遊びをすると、あんたなんか売り飛ばされるといい、と一蹴するような人だったそうだ。私も母親も、就職の時に、あんたたちみたいな出来の悪い子がまともに働けるわけがない、と言われた。外面はいいが、家の中の人間には毒突いてばかりだった。

母親も、どこかの時点で受け継がないものを決めたのかもしれない。

「借金をしてはいけないしさせてはいけない、ってことかな」

それで私は離婚したのだが。浪費癖のある元夫が、私に隠れてカードを使いまくっていたので。

「なんなの、なんかもっと人に言いやすい事ないの……」

娘は呆れたように言いながら、半分まで食べたプリンを私に押し付ける。私は、一口食べてまた娘に返す。

「あとで一緒に鍋を洗おう」私は言う。娘は、今度はチャプターをどんどん飛ばして、ウルスラが登場するあたりで止める。「鍋の底を洗うのはさ、スポンジの硬い方の面を円を描くみたいにぐるぐる動かすだけじゃなくて、縦にも、色鉛筆で塗るように動かす。それで、力を入れてごしごしっていうか、根気よく何度もこする。そしたらそのうちへたに強くこするよりきれいになって、なんていうか満足できる」

わかった、と娘はうなずく。

玄関のドアが開く音がして、ただいまぁ、と母親が慌ただしく帰ってくる。ホテルのパン屋が閉店間際でね、半額で売ってたからいっぱい買ってきちゃった、と言う。娘は、励ますように私の肩を叩き、私はソファから起ち上がった。

現代生活手帖

私の住んでいる区は、住民がスムーズに暮らせるように、毎年『現代生活手帖』という冊子を送料のみで発行している。昔あったタウンページと通販カタログを併せたような内容で、生活を便利にするさまざまなサービスや商品が厳選のうえ掲載されている。便利、というのが要点だと思う。豊か、とか、すてき、ではない。ただただ、便利に特化した味気ない内容で、訴求も最低限であるため、自分の求めるサービスや商品だけを探せて便利なのだ。

今日は今年度版の『現代生活手帖』がやってくる日だという通知が昨日来て、年末に何一つ部屋の片づけをできずにどんよりしていた私は、俄然元気が出てくるのを感じた。到着は、14時52分であるとのことで、昼過ぎに目が覚めた私は、寝床でとりあえず去年版の『現代生活手帖』を開く。常に枕元に置いてある。依存しているというわけではないが、私は、ことあるごとにこの手帖を眺めて、少しでも自分の生活がらくにならないかと模索と妄想を繰り広げるのが好きだ。

カーテンを閉めたままの薄暗い部屋で、Ａ６サイズの手帖を開く。手に取ると、ページが目の疲れない明るさで光り始める。とっても軽い。空中に内容を映し出す版も配付してくれるのだが、横寝には対応していないので、私はどんな体勢でも読める昔ながらの冊子が好きである。

しかし、こんなにも『現代生活手帖』が好きであるのにもかかわらず、折り目がついているのは一ページだけだった。

・ティーサーバー「執事」

なんだか気乗りしないネーミングなのだが、記事を読めば読むほど、自分に必要なものであるような気がして、しまいに折り目をつけてしまった。枕元の10センチ四方の狭小スペースにも置ける、小さいお茶サーバーである。水とお茶の葉をセットして、タイマーをかけると、その時間にお茶を淹れてくれるという。べつに給茶機なんて何十年も前からあるだろう（私が一番よく見かけるのは斎場だ）というアイデアではあるのだが、すごく小さくて一杯分だけ出る、というミニマルさが自分には大事な気がした。「起き抜けの一杯のために」というコピーも、妙に心に刺さるものがある。要するに、外国の映画などで執事さんが起きた瞬間にお茶を持ってきてくれるように、紅茶を淹れてくれるということである。しかも散らかった枕元でも。

その日淹れたての一杯の紅茶が一日を救う。わかっている。ただもうその一杯にたどり着くまでがつらい。私の知人に、約一時間混んだ電車に乗って帰宅するために栄養ドリンクを飲むという人がいるのだが、それと同じニュアンスだというと理解していただけるだろうか。そこにたどり着けばその後すべてが救われる。しかし、「そこ」への道のり自体が短時間ではあるもののとても険しいのだとしたら。

　私はとても血圧が低い。そして起き抜けはだいたい激怒している。静かに。卵を踏まれた母蛇のように、ただ起床しなければいけないことを憎んでのたくっている。そんな状態なので、勇気を奮って布団から出て紅茶を淹れるなんていう芸当はできたためしがない。お湯を沸かしたり、紅茶の缶を開けたりするなんて工程が複雑すぎるし、寝床から水道までは太平洋から日本海までのように遠い。トイレに行きたいとなってやっと布団から出る。そして通り道の洗面所で口をゆすぎ、顔を洗い、歯を磨いて水を飲み呆然とする。紅茶を淹れられる状態になるのは、早くともそれから十五分後である。

　このお茶サーバーは、その情けなくも不快な状態から私を救い出してくれるものなのではないかと思える。起き抜けに一杯だけ、淹れたての紅茶が飲める。そしたらあの、あまりにも嫌ったらしい起き抜けの時間が解消されるのではないか。執事。

　私のような層のニーズを見抜いてか、その商品にはスヌーズ機能まである。すまないまだちょっと寝る、という時に、軽く胴を叩いてやると、お茶の作製は五分後に延ばされる。五分が経過してもまだだめだという場合は、また胴を叩いてやる。するとさらに五分引き延ばされる。去年出たばかりのモデルは、音声認識機能もあるらしく、「あと十分」と言うとその通り延期してくれる。とにかく、起き抜けに淹れたてのお茶を提供するということに絞った商品なのだ。価格は五六〇〇円である。高くもないが、安くもない。なんと微妙な……、と私はこの二年悩み続けている。四八〇〇円なら即買うのに、と私は思う。その差額八百円分はいったいどの機能なのか。そして私の中の八百円のラインコントロールはどうなっているのだろう。いいだろ八百円ぐらい、と私はメーカーに問い、メーカーも私に無言で問うている、という攻防が、この二年続いてる。

　結局私は、「執事」のページの〈購入〉というバナーはなすらずに、手帖を閉じて、排泄欲求のままに布団を抜け出す。そして用を足すと、洗面所で口をゆすぎ、顔を洗い、歯を磨く。その後ただ呆然とする。時間の無駄だ。できることは何もない。ただよろよろとした足取りで寝室に戻り、『現代生活手帖』の去年版を持ち出して、またひたすら眺めるだけである。

　そういえば、誕生日が近付いているのだ。いいんじゃないのか「執事」を買っても。もしかしたら、今日やってくる今年度版では少し値下がりしているかもしれない。そうだ今年度版が今日来る、ということを思い出して、私は景気付けのためになんとか水をくんで飲む。あとどのぐらいで『現代生活手帖』が来るのかということが知りたくなって、のそのそとしけた動作でダイニングテーブルを三回こすると、14時42分という現在時刻が現れる。あと十分である。

かなり意を決して、私は椅子から立ち上がり、また自室に戻って、今朝寝る前に作った郵便物を取りに行く。手帖を持ってきてくれた配送さんに引き取ってもらうためだ。どれだけ世の中が便利になっても、役所の書類は自筆ではんこをついて作成しなければいけないというのは本当にどういうものかと思う。封筒というものがあまり使われなくなって久しいので、この十年で堰を切ったように値上がりしているのを感じる。角2が二枚で一六〇円とかする。昔は六枚百円とかで買えなかったか。

配送さんの鳴き声が聞こえたので、私は、はいはい待ってね！　と大声で返事をしながら階段を下りていく。短い言葉なのだけど、一字一句間違えてはいけないそうだ。そうでないと配送さんの耳に埋め込まれたチップが、「まて」を認識してくれないらしい。その場合配送さんは、家の中に人がいないものと判断して、おなかの側の袋にまとめてしまいこまれている短冊型の不在票を落としていく。

急いで封筒を持って家を出て、配送さんのところに駆けつける。配送さんにくくりつけられている緑のかごから、私は『現代生活手帖』を取り出し、反対側に取り付けられている赤いかごに、自分の作成した封書を入れる。配送さんの灰色の胴回りには、左右二つずつの赤と緑のかごが互い違いに取り付けられている。配送さんの荷物が出荷と集荷どちらかに偏りすぎてバランスを崩さないようにという配慮だそうだ。

私は、配送さんがやってきたら必ず水をあげることにしているのだけれども、その日は『現代生活手帖』のことで頭がいっぱいで、忘れてしまっていた。すみません、水を持ってきませんでした、とあやまりながら、私は配送さんの頭をなでて耳に触る。配送さんは、悲しげな目をして軽くうつむき、隣の家の前へとぽくぽく移動して、私の時と同じように鳴き声をあげる。私は配送さんに申し訳なくて、しばらく『現代生活手帖』の入った封筒を握りしめたまま、配送さんがお隣から何かもらえないかと見守る。ちゃんと水と干し草をもらっているのを確認すると、私はほっとして家の中に戻る。今年こそは、配送さんにあげるために干し草を玄関に常備しようと決意する。そんなことをしても業者の思うつぼだということは承知なのだが、それでも私は配送さんをちゃんとねぎらわねばならないという使命感に駆られる。

私は、今年度版の『現代生活手帖』の封筒をテーブルで開封し、早速表紙をめくる。今日は昼間の仕事は休みにして、『現代生活手帖』の今年度版を読みふける予定である。誕生日が近いので、ゆっくりするのだ。その前にテーブルを温かくするために、またしけた動作でのそのそとこする。テーブルがゆっくりと温度を上げてゆく。私は少しの間べったりとテーブルに伏せて、その恩恵にあずかる。

そうやって人心地ついたあと、あらためて今年度版の『現代生活手帖』をめくる。見開きで、水道工事の広告が出ている。「あなたの水道、みかんにします」というコピーが唐突である。蛇口の写真からみかんジュースが出ている。その飛沫はみかんの形をしていて、ページいっぱいに広がっている。『現代生活手帖』の編集は、なかばボランティアでおこなわれており、台所事情は苦しいと町内会の寄り合いで小耳に挟んだばかりなのだが、こんなばかばかしい広告を載せるということは本当に大変なのかもしれない。

みかんジュースが出てくる水道の取り付け工事が、今なら七八〇〇円なのだという。一階に限るそうなのだが、おばかさんなことを言いなさんな、と私は思う。みかんジュース一杯二百ミリリットルを百円と見積もると、七十八杯分である。特にみかんジュースが好きでも嫌いでもない人が、七十八杯のみかんジュースを消費するために、向こう何年が費やされるのだろうか。ビタミンCを摂りたい子供さんたちがいる家庭ならまだしも、一人暮らしの大人には必要ないだろう。まちがいなく、これは『現代生活手帖』のシンプルなコンセプトからははずれた商品である。私は、先が思いやられる、とやや不安な気分でページをめくる。

目次の右下の方には小さなコラムがあって、御堂筋線と谷町線がラッシュ時には全車両二階建てになった、ということが報告されている。便利になったわけだが、内容は、ＪＲと京阪ではとっくの昔に導入しているのにどういうことだ、という批判めいたものだった。私が会社員であった頃は、御堂筋線も谷町線も使っていたのだが、確かに通勤のピーク時は大変だった。人がいすぎて、人が地球に不要で余っている性格の悪い生き物にしか見えないという状態だった。私もさぞクズに見えたことだろう。

一応、「執事」を目次で探して価格を確かめてみたのだが、まったく値下がりはしていなかった。１％オフでさえなかった。ううむ、と私は腕を組み、依然リストの頂点にはいるものの、許容できる価格より相変わらず八百円高いというその停滞にきついものを感じる。「執事」はそこそこ評判になっていて、ウェブの軟派なガジェット関連のサイトでも絶賛されていたので、性格が地味な私は一歩引いてしまった、という経緯もある。やっぱりな、ネーミングがなんか、もやっとするんだよな。

「執事」以外に自分に贈ってやれそうなものはないか、とページをめくるのだが、意外とない。なにしろ、町内さしすせそ検索サービスは広告料だけで成り立っているから無料だし、取説データアーカイブもやはりお金を払わずに利用できる。『現代生活手帖』は営利でない分、利用者目線で掲載する商品やサービスを決定するため、無料の項目も多いのだ。特に、食材の在庫管理が甘い私には、さしすせそサービスは有用である。任意の調味料が自宅に見あたらない場合、スーパーに行く代わりに、近所の余ってる家に買いにいく。相場は運営が決めていて、その厳守を入会の時に誓わされる。例を一つ挙げると、みそは大さじ山盛りで三十円である。ツケは絶対に許されないそうだ。

　有料のものというと、去年は自分へのプレゼントのために配送さんをロバにしてもらった。ロバが好きなだけなのだが、おかげで配送業者をどんどん利用しようというモチベーションは上がり、書類の仕事が早くなったと仕事相手にほめられた。遅配があっても、ロバなら許せる。なまものを通販する場合だけ、配送業者の「○人　○ロバ」という項目で「○人」にチェックマークを入れれば良い。それ以外はロバで特に不自由はない。

　私はロバによる配送サービスを『現代生活手帖』で見つけ、非常に重宝している。ロバが「便利」かというと疑問はあるかもしれないけれども、少なくとも、荷物が来るのが遅くても怒らずにすんだり、ロバに仕事を頼みたいがために書類をまめに仕上げる動機を持つことができるという意味では「便利」だと思う。だから、『現代生活手帖』が推薦するサービスとして、一周回って理にかなっているのである。ロバによる配送サービスが自分にとっては良いものであったこともあって、私は今年も『現代生活手帖』から自分へのプレゼントを調達しようと思っている。

「執事」以外でひかれるものというと、捨て物ロボットを定期的に家に入れるサービスだった。月に一回来てくれるらしい。細身の体と、柔らかそうな大きい手を持った捨て物ロボットは、まんまるな白い頭に古典的な先の丸いアンテナをつけ、点と線だけで描かれた顔で静かに笑っている。私はその捨て物ロボットの見た目にいやされるものを感じるのだが、捨て物ロボットとサービス利用者が顔を合わせることはない。ただ、こんな感じのロボットになら、部屋に入られていろいろ探されてもいいかな、と思わせることが大事なのだと思う。

　捨て物ロボットは、利用者の外出中に家に入って、不必要なものをそっと持ち帰って処分してくれるロボットである。利用者は、今日は来てくれても良い、という外出をセンターに報告する。その何度かのうちのどこかに、捨て物ロボットは家に来てくれる。いつ来たかだとか、なにを捨てたかだとかいう報告は一切なされない。けれども、いつのまにか、家の無駄なものを知らない間になんとかしてくれるそうだ。部屋を片づけるのでもなく、散らかったままならその状態で、部屋の底の栓を少しゆるめて中身を抜くように、物を減らしてくれるらしい。「必要なものを捨てられた」という報告は、まったくないという。ロボットを派遣する企業は、綿密な面談により、利用者にとって必要でないものと必要なもの、必要になりそうなものを判断するのだ、と胸を張る。その面談と分析をしてくれるのも、人でなくてロボットなのだそうだ。プライバシーについてはまったく心配しないでほしいという姿勢を前面に打ち出している。ロボットはあなたの生活をジャッジしない。

溜まった持ち物を、持ち主さえ知らないうちに判断して処分してくれるというこのサービスは、一年契約で一万円なのだそうで、高いと感じる人もいるし安いと感じる人もいるだろう。世の中は、いらないものといるものの仕分けぐらい、機械の力を借りずとも自分でするよ、という人が大半だろうし、実際にそうやって人間は生きてきたわけだが、その判断自体をする余裕も才能もない人もいる。私の片づけが苦手な知人が、定期的に捨て物ロボットを家に入れているのだけれども、捨て物ロボットが来たな、ということは、だいたい五日が経過してなんとなくわかるのだという。それでも、問い合わせたわけではないし、そもそも問い合わせても企業は絶対に答えないというのがルールなのだが、とにかくいつの間にか少しだけ心が軽くなる、という。そして、どんよりしてきたな、という頃合いを迎え、また知らない間に、何かが軽くなっている。オペレーションの度合いは、ちょこっと、中、かなり、徹底的と四段階から選べるらしく、不安な人は「ちょこっと」から始めて、ヘビーカスタマーになるにつれて「徹底的」を選ぶようになるそうだ。

知人は、クリスマスのぜいたくを完全にやめてしまって、その分で捨て物ロボットを雇うことに決めた。そしてときどき無性に、自分の家を軽くしてくれているそのロボットに会って感謝を述べたくなるという。家に来るロボットも、分析を行っているロボットも毎回同じチームでオペレーションを行っているとのことなので、とりあえず年賀状は毎年出しているらしい。読んでどう思うかは知らないけれども、というか何も思わないかもしれないけれども、出さずにはいられないと知人は話していた。

その話を聞いていると、自分も捨て物ロボットを利用しようかなという気になってくるのだが、「執事」の起き抜けの紅茶一杯と、部屋がいつの間にか軽くなっている、というのを比べると、ものすごく迷ったあげくやっぱり「執事」かなあという気分になってしまう。起き抜けの一杯で元気になることができるのなら、捨てるものの判断だってできるだろうと思ってしまうのだった。それが自分の気力への過信だということは重々承知しているのだが、物がなくなることに一年で一万円はどうしても高いと感じる。その一万円分で何も買わなければ、そのぶん部屋も散らからないし、考えれば考えるほど、宙に浮いた一万円だなという気分になる。

何度考えても、だったらその宙に浮いた一万円で「執事」だなということになってしまうので、捨て物ロボットについてはいつも、「お金持ちになったら」という結論に終わってしまう。が、私もだいぶ年な上、べつに資産を増やすための投資を行ったりする意思もゼロなので、これからお金持ちになる可能性は限りなく低い。宝くじに当たるか、道で拾うか、いきなり資産家の親戚が現れて遺産相続のリストに加えてくれるかのどれかぐらいだろう。つくづく、「物をへらす」ということに価値を見いだしてお金を使う、という考え方にたどり着くまでの道のりは長い。老い先短い私が生きているうちには無理かもしれない。さらにあと二回ぐらい生まれ変わらないと。

『現代生活手帖』を読みふけっているうちに、だんだん部屋が暗くなってきたので、私はテーブルをこする。すると、天井と壁が発光し始める。私はこのテーブル（というか総合的な生活端末）をこするという動作がしけていて好きなのだが、指示形態は初期設定で変えることが可能である。手のひらで叩く、でもいいし、指先でこつこつする、でもいいし、ひじで突く、でも、ひっかく、でもいい。設定選択の下の下の下の方には、「なめる」という項目もあったのだが、選ぶ人はいるのだろうかとときどき思い出したように疑問に思う。いるのだろう。世界のどこかには。テーブルをなめて部屋を明るくしたい人が。

私はさらにテーブルをこすって、冷蔵庫と冷凍室の中にある食材のリストを表示する。今日はうどんが食べたかったのだが、どうもないようだ。配達してもらってもいいのだが、スーパーマーケットをぶらぶらするのは趣味の一つなので、出かけることにする。

近所にはスーパーが二つあって、大きいスーパーが少し遠くて小さいスーパーは歩いて二分である。久しぶりに大きいスーパーに行きたいと思ったので、そこまでの明るい道を検索してテーブルに出してもらう。昔は最短を選んでいたものだが、今は安全が優先である。これも『現代生活手帖』で見つけたサービスで、登録すると、自分が通る時間帯に在宅している家の多い道路を教えてくれる。また、通りますよ、ということを事前にアナウンスして、道を明るくしてもらうこともできる。その代わりに、自分の家の前を誰かが通るということを知った場合は、玄関と一階の電灯を点ける義務がある。まあお安い御用だ。

　マンションやアパートなどに住んでいてそれが不可能である場合は、建物が面している道の前で何かが起こった際に通知を受け取る。通知は二種類しかなく、「しんどい」か「こわい」で、どちらかに応じて救急車か警察に連絡する。通知をした人、通知を受け取って連絡した人は、お互いに顔を合わせないので、プライバシーは守られる。通知を受け取るのは戸建てに住む利用者でも可能である。

　なんということのないサービスだが、一度始発で出張に出かけなければならないときに、朝の四時台に道を通るとアナウンスしたら、本当に玄関の電灯と一階の明かりがついていた家が何軒かあって、人々の生活時間帯のまちまちさと、サービス利用者の律儀さに感動したことがある。それ以来私は、家の前を誰かが通ると知ると、起きている限りは電灯を点けに行っている。家の前を通った人のトラブル通知も受け取る設定にしているが、幸いなことに、まだだれも私の家の前で倒れたとか何か良くないことに巻き込まれたということはない。

その日はまだ早い時間だったので、特にどの道を通るということは知らせず、単に在宅中の家の多い道を探してそこを通り、スーパーに買い出しに行った。冷凍のうどんと玉子を買った。夕食には、釜玉うどんにバターをのっけてこしょうをふりかけたものを食べるつもりである。

道の帰りに、でも冷凍うどんが五パックあっても近々に食べるかな、という気がしたので、やはり『現代生活手帖』で発見したごはん共有ＳＮＳで、試しに近所で冷凍うどんが欲しい家がないか検索してみることにした。一軒だけあって、うどん一玉に対してちくわ天二本で支払いをするとのことで、心が躍る。ただ、初めて行く家ではあったので、一応探偵さんに調査を依頼することにした。その家までは、ここから徒歩で十分ほどで到着するらしいので、十分で調べられる範囲内でという指示でお願いする。

さすがにこれは有料である。月に三〇〇円。ウェブ由来で関わる人たちの、インスタントな身元調査をお願いするサービスである。相手のアカウント名やプロフィールから、ウェブに残した痕跡をスキャンし、あまりにも不穏当な発言をしていないかなどのみを調べる。プライベートなメールや通話などはもちろん参照できない、パブリックな発言だけを拾うざっとした調査なのだが、まったく参考にならないということもない。以前、クリスマスケーキの残りを提供すると言っていた近所の人と手持ちの紅茶を交換しにいこうとして、相手の調査をしたことがあるのだが、職場の同い年の同僚について、性格が暗くてこっちの気分まで暗くなるだとか、持ち物が安そうでばかみたいだとかいうことを、ちょっと偏執的なまでにウェブ上に書き残している人だったので、都合が悪くなったと言ってその取り引きはやめたことがある。べつに無視してもよかったのだが、私はその日ひどい服装をしていたし、でもケーキをもらうために、その人のお眼鏡にかなうようなちゃんとした服に着替える気持ちの余裕もなかったので、あとで何を言われるかわからないし、会わないことにした。

　また、アカウント名やそのニュアンスが似ているだけでぜんぜん無関係の人の発言などを穏やかでないものとして引っかけてしまうこともあるので、信頼度は必ずしも高くないサービスなのだが、用心に越したことはない。ちなみに、発言の文脈は、依頼者には公開されず、相手が何に苛立っているのか、具体的に何に「殺す」と言ったのかなどはわからない。その代わりに、付記としてその時の発言者が置かれていた状況がついてきて、こちらでなんとなく斟酌できるようになっている。アカウントを利用している本人だけでなく、家族の発言もすぐにスキャンできるようになっているので、今回はそちらも利用した。

　調査結果はすぐにやってきた。探偵さん側の見立てでは、リスク判定は３％と出た。先方の娘さんが、三年前に一度だけ、死んでほしい、と発言したことがあるそうだ。しかし、母親である先方さんの発言によると、小学校の担任がひどいやつで、娘さんが授業中のつるし上げの集中砲火を食らっていたらしい、という内容が付記されていた。ならば娘さんが一度ぐらいはその担任とやらに関して「死んでほしい」と発言していても仕方がないか、と私は判断して、その家には予定通り行くことにする。

　インターホンを押すと、うどんをくれる方ですか？　とたずねられたので、はい、と私は答えた。お待ちください、という言葉のあとに、すでに中学生ぐらいに成長した娘さんが出てきて、私にラップにくるんだ二本のちくわ天をくれた。私は、冷凍のうどんを一パック差し出し、ではまた、なにかあったらよろしくお願い致します、とお辞儀をしてその場を立ち去った。

　家に帰って釜玉バターうどんを作り、ちくわ天を食べた。一本にしておこうと思ったのだが、とてもおいしかったので二本とも食べてしまった。またあのおうちとは取り引きができればうれしいと思ったので、アカウントを「また取り引きしたい」リストに加える。

これで、あのちくわ天の家からのごはん共有情報を優先的に受け取れることになり、何か通知があったらテーブルがもわーと光るようになる。

ごはんを食べてしばらくしたら眠くなってくるので、とりあえずテーブルに伏せて仮眠をする。腕の上に頭を置きながらテーブルをこすると、温度が少し上がって、テクスチャーが気持ち柔らかくなり、海の音が聞こえてくるようになる。私はすぐに寝入ってしまった。

次に目が覚めたのは二十三時で、いいかげん仕事をしなければならず、わたしは今日いちばんしけた感じでテーブルをこする。そして映像、音楽の再生、ウェブへの接続を遮断してもらう。私の側から遮断するんではなくて、業者にお願いする。私は私の意志力を一切信用していないため、自分からの遮断では手ぬるいと判断したためである。

そしてテーブルの上に携帯タイプライターを置く。ポで始まってラで終わる、厳粛なる単機能製品である。集中力は年々落ち、仕事を十分するごとに十五分休んで、音楽を聴いたり映像を見たりウェブを閲覧するという有様の私なのだが、この機器を使うとなんとかその乏しい集中力を二十五分ぐらいまで延ばすことができる。その上で、映像と音楽とウェブの誘惑を断ち切ってもらうと、たちまちものすごく退屈な休み時間になってしまうので、こんなに退屈なら仕事をしようと休みすぎずにすむようになるのである。

が、今日は様子が違った。なんといっても、『現代生活手帖』が来た日なのだった。私は仕事をしながら、テーブルの端に置いた『現代生活手帖』が気になって仕方がなかった。なので、手帖を別の部屋に置きに行くことにするのだが、恐ろしいことに、棚の隙間やたんすの後ろなどにしまおうとするたびに、その前に一ページだけ、と開いてしまうのだった。そして気がついたら十数ページを熟読している。これはまずいな、よしこれからは、と思いながら仕事に戻るのだが、用を足しに行ったり水をくみに行くついでに、必ず見に行ってしまう。

　納期が明日の正午であるというのに、これはいけない。私は、「基礎工事のため当該地のガレージを掘削したところ、弥生式土器と思しき土器が発掘されたため、工事は中断となった。しかし、専門家に土器の調査を依頼したところ、大変精妙な偽物であると判明。当該地に土器を埋めたのは、日照権を主張する近隣のマンションの二階住人である陶芸家で」という文章を書いたきり、約三分間手が止まってしまっていた。今の私には、見ず知らずの場所の工事トラブルの報告書を書くことなどより、『現代生活手帖』の方が何倍も重要なのだろう。遺跡だと思って工事が中断していた場所に埋まっていた土器が、陶芸家の手による偽物で、土器の底にくっついていた古代米も、実は二年前のあきたこまちだった、という内容のまとめについて、あと千字というところまできたのに、どうしても『現代生活手帖』が気になって仕事が手に付かない。

私は、テーブルをこすりながら、うああ集中できない！　という苦悶の叫び声を上げる。そして部屋を飛び出し、『現代生活手帖』を読みにいってしまう。もうほとんど読了しているのに、冒頭のみかん水道の広告などを何度も眺めてしまう。

そうこうしているうちに、また一時間が過ぎ、いいかげん焼きが回りそうだという頃合いに、テーブルが『ドラゴンクエストⅢ』のモンスター遭遇時のＢＧＭを流し始めた。私は驚いて、テーブルのところに戻り、すぐに通知を開く。なんと、今回の仕事相手の上松さんのお父さんが急逝されたというのである。「私は明日の十三時の飛行機で郷里に帰らなければならないので、どうぞ正午の納期を厳守ということでお願いします」という。これはいけない。『現代生活手帖』を読みふけっている場合ではない。

私はいきなりしゃっきりとして、上松さんを明日飛行機に乗せるために、猛然と仕事に取りかかり始めた。頭の中に、上松さんが語ってくれたお父さんの思い出が去来する。酔っぱらって帰ってきて、トイレとクローゼットを間違えて一時間えんえんとノックしていたお父さん、若い頃から阪神タイガースの異常なファンで、道頓堀に飛び込んで雑菌まみれになって三日間寝込み、隔離されたお父さん、どう見ても違うハトなのに、ベランダに来るハトをかわいがって餌付けしているつもりだったお父さん。

二時間ほどをかけて千字を消化し、上松さんにデータを送ったのち、頭を使いすぎたのかふらふらになって歯を磨きに行く。そこからはほとんど記憶がない。そのまま、『現代生活手帖』を取りに行ってベッドに入ったということ以外は。

また午後に起き出して、通知をチェックすると、上松さんからお礼の連絡が来ていた。「ですがおかしいですね。父はぴんぴんしていますが」。やられた、と私は思う。かねてから申し込んでいた脅迫サービスが、夜中に発動したのだ。あまりにも仕事をさぼりそうな時に、いやがおうでも作業にかかることができるよう、適宜危機を演出してくれるサービスである。先月は、仕事相手の子供が高熱を出したから一刻も早く看病をさせて欲しいと告げられ仕事を急ぎ、先々月は、仕事相手自身が余命一週間だと言われて徹夜をした。どれも、脅迫サービスによる私があまりにも仕事をしようとしないというシチュエーションを見かねてのうそだった。毎回毎回、やられた、と思うのだが、相手が大変な状況だと言われると、とりあえず仕事はするので、しぶしぶ継続している。これも『現代生活手帖』で見つけたサービスで、脅迫一回につき二千円を支払う。どうやって業者が私の仕事の危機を判断しているのかは定かではないのだが、テーブルの近くにおり、かつ一定以上の声量で、「やばい」的なことを口にすると、見かねてうそを教えてくれるのではないかと疑っている。

それにしても、そんなふうに脅されでもしないとスムーズに仕事をしない自分はいかがなものなのだろう、とテーブルをこすっていると、また新しい通知がやってきたのが目に入った。

・工事日の件（水道のみかん化）

私は目を疑いながら、通知を開く。そこには、どうも私が今朝の五時に、一階にみかんジュースが出る水道の取り付けを申し込んだらしいということが記されていた。朝の五時というと、上松さんのお父さんのことを考えながら、涙ぐんで作業のデータを上松さんに送り、今年度版の『現代生活手帖』を手にベッドに入った直後ぐらいである。頭もきっとどろどろにゆるみきっていた頃合いだろう。本気だったのか、もしくはもうやけになっていたのか、寝ぼけて水道のみかん化を注文していたのだ。

私は、がっくりとうなだれながら、テーブルをこすって今月と来月のスケジュールを出す。ちょうど誕生日の日が空いていたので、その日に工事をお願いすることにした。

牢名主

今日の出勤時、電車の吊り広告の片隅でそれらしい記事の見出しを見かけたので、アドリアナ・スミス群についての認知は少しずつ高まっているのではないかと私は思った。アメリカでは、一九七〇年代に発見され、大きな取り扱いではないが、常に社会問題の一つとして認知されている。最初に、憔悴しきってカウンセリングに訪れたあるＢ群の人物を〈自ら身ぐるみ剝ぐ〉という形に追い込んだ女性が、アドリアナ・スミスといったので、その名前から取ってＡ群というそうだ。ちなみに、その時に見いだされたＢ群の人物は、バーブラ・ウィリアムズという名前で、だから私たちはＢ群と呼ばれているのだということについては、あまり知られていない。アドリアナとバーブラは、大学の同級生として出会い、バーブラが長く続けて信頼を得ていた仕事をやめ、部屋を引き払い、実家の両親にも居場所を知らせない形で失踪したのち、カウンセリングに訪れたのは、三十五歳の時のことだったので、十七年の間、バーブラはアドリアナに収奪され続けていたということになる。

　バーブラは、具体的にアドリアナから何らかの加害をされたというわけではないため、バーブラ自身も、長い間、自分たちに何が起こっているのかがわかっていなかった。ただ、「アドリアナと関わっていると、ひどく疲れる」ということ以外は。そしてそのため、アドリアナと少しでも距離を取ろうとすると、アドリアナはまるでバーブラの頭の中を覗き込んでいるかのように近付いてきて、「とても疲れているのね、すごく心配だわ」とあれこれバーブラの世話を焼き始める。するとバーブラは、「人の好意を無下にはできない」とアドリアナが距離を詰めてくることを受け入れてしまう。その繰り返しだった。避けても去ってもアドリアナはすぐにその兆候に気付いて、言葉の上でも身体的にも追ってくるし、時には恐慌状態に陥ったので、バーブラとしてはいつしか、アドリアナを遠ざけるよりも許容する方が楽になっていたのだ。もう、遠ざけるほどの力も残されていなかった、とも言えるかもしれない。

　私もまた、三十五歳の時にＢ群であるという自覚を持った。医者に診てもらったわけではなかったが、インターネットで自分の状況にあてはまる言葉を片っ端から検索し（本当に二週間のあいだ、仕事から家に帰ると毎日三時間はただ検索をしていた）、まさか自分はこのＢ群というのではないかという疑いを持ち、Ａ群に関する本を数冊読んで、自分は確実にＢ群の人間なのだと気が付いた。Ａ群との共通の古い友人にも何人か会い、確かにそれは妙だな、でも考えすぎなんじゃないの？　といなされながら、私は私の関わったＡ群が自分にしてきたことを整理した。その間も、私のＡ群は私に日常的に連絡をしてきていたが、自分がＢ群に仕立てられているという認識を深めながら、その相手と表面的には親しくし続ける、という、なんとも奇妙な時期だったと思う。

私のA群の人物については、まだ詳しく語れるほど私は回復していないため差し控えたいが、バーブラとアドリアナの関係について似たところを抜き出すのであれば、バーブラが学生時代に好きになった男の子は、例外なくアドリアナからの頻繁な接触を受け、先にアドリアナと仲良くなり、そしてアドリアナの側で男の子から離れて、自動的にバーブラからも疎遠になるのが常だった。そしてアドリアナは、自分の本筋の男性関係については一切バーブラに話さなかった（十数年を経て、アドリアナが研究の対象になってからやっと、カフェで隣り合った既婚者の男とその日のうちに性交渉を持つなど、ときどき顕著な逸脱行為があったことが判明した）。大学を出て、べつべつの仕事に就いた後も、似たような関係は続いた。自分が尋ねられると何でも話してしまう人間だというのも、B群の素質を助長していたのかもしれない、とのちにバーブラは語っている。

　B群である私は、私のA群に行方を知られないために、それまでのすべての人間関係を断ち、住むところも変えて約半年が経った。さすがに両親には居場所を知らせていたが、勘当したので行方など知らない、知りたくもないから捜索願なども出さない、というように方々には伝えてくれ、と言い含めてある。両親によると、私のA群は、私の実家の近所の人々に、私が帰っていないか尋ねて回っていたそうだ。郵便物も、調べられた形跡があり、元の会社にも、私の行方について問い合わせる電話が行ったらしい。

まったく知らない街のアパートで、外にも出られずに、一日中家にいた。週に一度は、Ａ群に対して怒鳴り散らすか、怒りや恐怖を抑え込んで元のように付き合っているか、街ですれ違って怖い思いをするか、という夢を見た。両親に電話をしながら、それさえも盗聴されているのではないかという妄想に苛《さいな》まれたし、両親や前の会社の人たちの誰かが、人質に取られてしまうのではないかといつも悩んでいた。眠るのが怖かった。

　ある日、夢を見るのは体が疲れておらず眠りが浅いからで、深く眠ることができるようになれば、今の状況を打開できるのではないか、と思い付き、私はその日に仕事を探しに出かけた。倉庫の荷物の仕分けの仕事だった。今までやったことのない仕事で、肉体的にきつかったが、とにかくそれで疲労することができたので、私はやっと深く眠れるようになった。思えば、知らない街で一人で暮らし、稼がずにただ貯金を切り崩していくだけ、ということも、精神衛生上よくなかったのではないかと思う。こんな生活をしているのも、すべてＡ群の責任なのだ、という恨みも、私を内部から苛んだ。けれども、働いているという実感を体から得るにつれ、私は徐々にだが回復の兆しを感じるようになったのだった。

　その自助グループを見つけたのは、街の広報誌でのことで、当時私は、知らない街に慣れようと、よく官公庁が作る広報誌を熟読していた。その片隅に『Ａ群の記憶に苦しむ、または現在も苦しめられているＢ群の皆さんへ』という記述を発見した。Ａ群とかＢ群という言葉は、医学的にも使われてはいたけれども、他は当事者同士にしかわからない、いわば隠語のようなもので、普通に生きていて到底理解の及ぶ言葉ではないと思っていたので、私は驚きながら先を読み進めた。『あなたは悪くありません。同じＢ群の人々と思いや体験を分かち合い、共に前に進む力にしませんか？』という。二つ目の文はまだしも、一つ目の文は、私の心を不意にとらえた。当時、回復の兆しは見えていたものの、それはただ、もうＡ群と顔を合わせることはない、連絡を取ることはないのだ、という外的なもので、心の内側は、でも自分にも認識が甘いところがあったのでは？　もっと早くに片を付けることもできたのでは？　私自身もＡ群に依存していたのでは？　という自責でぼろぼろになっていた。だからこそ、「あなたは悪くありません」という言葉は響いた。

　私は、倉庫の仕事の休み時間に、その自助グループの事務局に電話をかけ、訪問したいのだが、と言った。特にご予約は必要ありませんので、いつでもいらっしゃってください、と女性の機械的な声が聞こえた。電話を切る前に女性は、会で出会った方々に連絡先を尋ねるのは禁止ですので、御心積もりをお願いします、と付け加えた。

　グループが借りている部屋は、駅前の雑居ビルで、私は三日間逡巡したのち、その部屋の扉を叩いた。その日は、運が良かったのか悪かったのか、集まりの良くない日だったようで、女性が一人座って、丸いテーブルに就いてお茶を飲んでいるだけだった。重そうな髪が胸元まであって、多めの前髪を眉の下あたりで揃えた、細い縁のメガネをかけた人だった。まだ三十にはなっていないように見える。この人は気が弱そうだ、と直感した。この人のA群も、最初の時点で、そんな言葉は使わずに舌なめずりをしたことだろう。

こんにちは、と私が言うと、こんにちは、と彼女は顔を上げて、二秒ほど考えたのち立ち上がって、へこへこと私にお辞儀をした。

「ごめんなさい、今日はわたし一人で、事務局の人もデートみたいで、ごめんなさい」

「いえいえそんな」

ひのえりです、日時の日、野原の野に恵みの里で、あ、本名言っちゃった、わたしばかだ、と日野さんはぎこちなく口に手を当てながら、席に座る。私も、日野さんの斜め前のあたりに座る。

「本名を名乗らないんですか？　ここは」

「基本的に偽名みたいです。わたしも来始めて日が浅いんで、ちょっとそのまま名前言っちゃったんですけど」日野さんは、ばつがわるそうにうつむいて、ぼそぼそと続ける。

「わたしここではピノって名乗ってて、いやアイスのピノじゃなくて自転車の選手にティボ・ピノっていう人がいるからなんですけど、だから、わたしが本名言っちゃったこと、他の人の前では内緒にしててください」

ケスクさんに知られたら、ピノさんはそういうお人好し、やめたほうがいいよ、って絶対言われるんだから、と日野さんは続ける。

「ケスクさんて？」

「あ、この集まりのリーダー的存在？　っていうか、まあそういう人は作らないようにしてるみたいなんですけど、わたしたちの中でもすごくＡ群Ｂ群のことに詳しくて、英語の論文とかも読んでるそうです。それで、自力でＡ群を更生？　かな、何か飛行機に関する言葉を使ってたんですけど、ましにしたっていうことで」

「要するにＡ群を治したってことですか？」

「治した、っていうとそれもまた訂正されると思うんですけど、じゃあ自分のＡ群もなんとかしてください、って言うと、俺は医者じゃないから無理って返すんで。まあいろいろアドバイスしてくれます」

「どんな？」

「どんなって……。そうですね、Ａ群の行動パターンについて教えてくれたりとか」

あやまりたい、って言っても耳を貸すな、とか、自傷をしたという連絡があったら、救急車を呼ぶね、という程度にしておく、とか、恐慌をきたして一方的に話しかけてくる時は、おうむ返しを多用してあまり同意はしない、とか、と日野さんは説明する。

「それはそうですね」

「わたしたち、本当にびびってたり怒ってたりする時ほどそういうことって頭に置いておけないから、言ってもらえるのは助かりますよね」

日野さんは、のんびりした手つきで、私にお茶を淹れてくれる。ほうじ茶だった。

「あやまりたい、って怖いですよね。基本的に言わないですけれども、もうこっちがどうにも心が動かないんだ、あなたの方は向いていないんだ、ってことを確信すると、今度はそうやって急にしおらしくなる」

常々思っていたことを話すと、そうなんですよねえ、と日野さんはカップを両手で持って悲しそうに中身をすする。

「わたしいつもそれにのっちゃってて。Ａ群は元彼だったんですけど、さんざん罵倒して、人格を否定して、もうおまえなんかどうでもいい、好きにしろ、って言うんで、本当に好きにして連絡を断ったら、いきなり家に来たりする」

「あああ……」

関係性は違うが、覚えはあるような気がする。

「私は駅で待ち伏せられました。職場の最寄り駅」

「それで泣き落としでしょう？　泣かれて殴られながら愛してるって言われたこともある」やたら抱き付いてきたりとかね、と日野さんは心底いやだという様子で身震いする。

「でもわたしばかだったから、そういう激しい起伏が恋愛だと思ってたんですよねぇ」

　高い声でゆっくりと、ぼそぼそという様子で話す日野さんの在り様からは、そんな怖い体験はあまり見えてこないのだが、その分妙な真実味があった。私が、大変でしたね、と言おうとすると、日野さんははっとしたように口をふさいで、やっぱりわたしばかだ、初対面の人にこんなこと言っちゃった、と言う。ばか、と何度も自分を自称することから、相当Ａ群から罵倒されて心を操作されてきたのだろうと私は同情する。

「いや、ここはそういう場だと思うんで……」

「そっか、そうですよね。じゃあいいか」日野さんは、ちょっとほっとした様子で目を輝かせる。人の影響を極度に受けやすい人なのかしら、と私は思う。「お名前は何ですか？　お決まりですか？」

　私は、まだ何も考えていなかったので、とっさに母親の旧姓を口にする。

「鶴丸《つるまる》です」

「本名ですか？」

「いえ」

鶴丸さん、と日野さんは言いながら、バッグから手帳を取り出して何やら書きつける。

「これからよろしくお願い致します」

「こちらこそです」

*

B群の自助グループには、当然だがいろいろな人がいた。最初に顔を合わせたピノさんが、わりといい人というか、素直でオープンそうな人で、悪い印象はなかったため、また次の週の同じ曜日に部屋に行くと、ピノさんはいなくて、ピノさんよりはもう少し年下に見える女の子と、私と同い年ぐらいと、もう少し若く見える男の人がいた。女の子は、なゆ、と名乗り、男性二人はそれぞれ、イケダさん、小穴《こあな》さん、であるとのことだった。私は会釈をして、鶴丸です、と名乗り、空いている席に腰かけた。それまで盛んに喋っていたなゆさん以外の男性二人は、軽く私に頭を下げた。

「なんで、私ほんとA群を引き寄せちゃう体質らしくって。超A群て感じの姉がずっといたからでしょうね。先輩もだし。奴ら、ヒステリックで困っちゃいますよ」

「大きい声を出せばいいって思ってるよね」

「ま、私は、カリカリしてんなと思ったらかわしますけどね。慣れたもんですよ。だから、先輩は今度、私の同期の男にくどくど言い始めて。そいつめっちゃ気が弱いから、盾にするのにちょうどいいっす」

　なゆさんは、それでいったん話が終わったのか、私の方を見て、どうです？　鶴丸さんのＡ群は、と言われたので、私は八回ぐらい首を横に振った。その日は、特に不安が強くて、家族や友人といった慣れた人の前以外ではＡ群のことを思い出したいと思えない日だった。

「当てましょうか？　職場の独身女でしょ？」

　なゆさんがそう言うと、イケダさんはへっと笑い、私の場合はそうではなかったので、やはり首を横に振る。小穴さんは、うつむいてじっとしている。なゆさんは、私が首を振ったのにも構わず、あいつら、寂しくてカリカリしないとやってられないんだけど、そういう態度がより男を遠ざけるってわかってないんですよ、と続ける。自分も独身なので、私は自分が怒られているような気分になる。

「ほんっとにね、女の半分はＡ群ですよ。私の職場なんかＡ群だらけ」

　そんなことはない、と思う。そんな職場は立ちゆかない。いい人だっていたし、私がＢ群である自覚を持つ前の、形にならないような漫然とした愚痴を聞いてくれたりもした。

だから、ただ逃亡するためだけに職場を捨てるのは辛かった。

「でもなゆちゃんはさあ、まだその会社にいるんでしょ。それまだましじゃない。俺なんかやめちゃったもん、会社。同棲してたんだけど、ウチのＡ群が、朝出勤の時に泣いて縋《すが》り付くんだよね、行かないでって」イケダさんは、テーブルの真ん中に置かれていた豆菓子の袋を開けながら続ける。「そいつも働いてないからさ、しまいに電気も水道も止められちゃって。俺こいつといたらだめだあって思うんだけど、なぜか離れられない」

イケダさんは、甘美な思い出を語るように目を細める。何年前のことなのだろう。私は、Ａ群の名前を口にするのも躊躇するぐらいで、仕分け作業の時に同じ苗字を見かけただけでも寒気がする。

「リスカもめちゃくちゃしまくってて。あの傷跡見たらほっとけないよねえ」

「あの女もリスカしてんのかな。いい年してきもっ」

イケダさんとなゆさんは、どうも話の方向を違えているようだが、お互いはそれに気付かずにけっこう気持ちよく話をしている。

「オーバードースとかして、救急車、呼ぶじゃないですか……」それまで黙って二人の話を聞いていた小穴さんは、やっと小さい声で話し始める。「それで、次の日、もう二度と関わらないんだって思ってたのに、やっぱり責任を感じて病院に行くでしょう。そしたら、困らせてごめんね、もうしないから、そばにいてね、って言う」

「ありがち」

「あの女もそんなことすんのかな。きもっ」

小穴さんは、二人の反応に一瞬怯《ひる》んだかのように見えたけれども、私が一応話を聞いている姿勢を見せようとうなずくと、ゆっくりと首を振りながら続ける。

「そういうことが、四回ぐらい、ありました」

「俺なんか、もうだめだって部屋を出ようとしたら、いきなりズボン下げられて咥《くわ》えられたことあるよ」

「やーもーさいてー。あの女で頭の中で再生されるからやめてー」

なゆさんはけらけら笑うけれども、私はただうつむいていることしかできなかった。

ピノさんも語っていたけれども、激しい感情のやりとりは、男女関係になったA群とB群の特徴かもしれない。私の場合はそんなことはなかったけれども、精神的に参ってしまうことが多かった。アドリアナは、バーブラと揉めている時には、自分がこのように苦しいのはバーブラがそうさせているからだ、という強い主張と、バーブラだけが自分を理解してくれるということと、バーブラに見捨てられたら自分は死にたい気分になる、ということを、繰り返し、手を替え品を替え毎日のように電話やメールや対面で言い続けたのだという。「死ぬ」のではなく「死にたい気分になる」。実際に薬や自傷に手を染めるのではなく、「薬のことがいつも頭にあって、死ぬ方法のことばかり考えている」。そういった、実行に移す宣言ではないので他の人間にもなかなか明らかにすることのできない保険の掛かった言葉を、えんえんとバーブラにかけ続けた。本気じゃないことはバーブラにもわかっていたが、毎日のようにそう言われると、なんとかそれを止めたくなる。そうするには「もうわかったから」と水に流すしかない。するとアドリアナはぱたっとバーブラを責めるのをやめ、なんだったら聖母のような態度で、やりとりの中で疲弊しきったバーブラの心配を始める。「私の中に弱さを作り出して、そこに入り込もうとするのです」とバーブラは言っていたそうだ。

　記憶のフラッシュバックに、私は、やはりここに来るのは時期尚早だった、と思う。イケダさんとなゆさんは、イケダさんの元彼女の話で盛り上がっていて、小穴さんはうつむいている。いたたまれなくなって、席を外そうと腰を浮かすと、先に小穴さんが立ち上がってコートを着始めたので、私はまた椅子に落ち着いてしまう。本当は、そんなことは気にせず、やろうと思ったことをやればいいのかもしれない。けれどもなぜか、私の場合はそういうバランスをとろうとする姿勢が働いてしまう。

　小穴さんが、それじゃあ、と部屋を後にしようとドアを開けると、入れ違いに、よう、みなさん、と言いながら、外から誰かが入ってくる。あ、ケスクさん、こんばんは、とイケダさんとなゆさんが口々に言うので、私はピノさんの話にも出てきたその人物を振り向く。私よりは年が下だろうけれども、おそらくはピノさんよりは年上の、三十を過ぎたぐらいに見える、こざっぱりした身なりと表情の男だった。小穴さんやピノさん、そしておそらくは私の、どこか気弱そうな感じや、イケダさんやなゆさんの、一見普通の男女に見えるけれどもどこかねっとりした目付きというものとは無縁の、健全そうな人物だった。

「あ、小穴さんさ、俺の言った方法、試してくれた？」

「いえ、まだ……。仕事が忙しくて、時間が取れなくて」

「そっか。要はさ、Ａ群に取り込まれないまま、Ａ群の心にあることを存分に引き出すっていうのがやり方だからさ」ケスクさんは、入り口で小穴さんと立ち話を始める。「なんていうのかな、精神的な合気道に近いよね。受け流して、受け流して、受け流しつつ、Ａ群が物理的に疲れ果てるのを待つっていうかさ。こちらの心を一切動かさずに」

「心を動かさないのはとても難しいですね……」

「まあやり始めは難しいけど、訓練しだいだよ。そのうち俺みたいになれる。何なら顔を合わせる前に俺に電話してくれてもいい」

「はい」

「君はさ、最初は食事も喉を通らないほどだっていう状態から、ここへ来るようになってだいぶ回復したし、まさか、俺がA群をソフトランディングさせる方法を伝授することになるとは思ってもみなかったよ。うん、成長した」

「そうですか……」

うつむいたまま受け答えをするので、小穴さん自身の表情がどうなっているのかは、私からはよく見えない。ただ、ありがとうございます、というとても小さな声だけが聞こえる。ケスクさんは、いやいや、と手を振る。

「Bにされるには、Bにされるなりの原因が自分の中にあるわけでさ。俺はその気付きのトリガーを与えて、必要以上に疲れない技術を教えてるだけだから、感謝には及ばない」

「はい」

「言葉は悪いけど、自分を守るために冷徹にならなきゃ」

ケスクさんは、小穴さんの肩を親しげにぱしっと叩き、小穴さんは今度こそ、それではまた、と言って部屋を後にする。その言葉には、私も共感する。私があいさつをしようと席を立つと、俺みたいにね、とケスクさんは肩をすくめるので、私はその仕草に怯んでしまう。

「あ、新入りさんだね。はじめまして、ケスクです」

「はじめまして、鶴丸です」

私はへこへこと頭を下げる。

「だめだよ、そんなに頭下げてちゃ」ケスクさんは笑う。さわやかと形容しても良い。

「鶴丸さんはきっといい人なんだね。でも、そう在りたいのだってある種の頑《かたく》なさの表れだから、それは捨てちゃったほうがいいよ」

私は、はあ、とうなずきながら、思わぬありがたい話を持て余すような気分になっていた。

*

ケスクさんと初めて会った日は、自分がＡ群と出会って何があったかということを尋ねられたのだが、私がフラッシュバックがひどいので、と断ると、代わりにケスクさんは自分の話を始めた。ケスクさんは、大学で女性のＡ群と知り合って、救済を求める向こうの必要に応じるような形で付き合い始めたが、間もなく彼女がＡ群で、自分はＢ群にされていると気が付いた。厄介だけれども、本人に悪気はないんだ、悪気はない以上、簡単に避けるのは仁義に反するし、彼女の訴えは研究の対象として興味深い、ということで、ケスクさんは彼女の症状に徹底的に付き合うことにした。けれどもそれは、彼女と一緒に転落するということではなくて、自分の領域を守ったまま、彼女を見守る、という戦略を持った上でのことだった、という。支えになる、ではなく、ただ見守り、必要な時にだけ手を差し伸べる、ということをケスクさんは強調していた。支えになれる、という考え方は、あなたたちB群特有の思い上がりだよね、とケスクさんは断言した。まあ、覚えはある。

　ケスクさんのA群は、毎日数時間、自分の苦しみについてケスクさんに話し続け、ケスクさんは、その苦しみに影響を受けないように自分の心をうまく守りながら、彼女と過ごし続けたという。時には、彼女の話を理解していないふりをし、けむに巻くようなことをまくしたてる駆け引きもしたという。それは、彼女からなめられないためであり、そうやって立ち回ることは自分の領域を強化し、彼女に自分の不満がなにも底無しではないということを気付かせるために有効だった、とケスクさんは言う。

　あなたたちはさ、とにかくお人好しなんだよ、真面目に人の話を聞きすぎなんだ、となゆさんもイケダさんも帰ってしまい、私と二人きりになったケスクさんは、私を人差し指で指しながら言った。残念ながら、それは無駄な真面目さだし、ソフトランディングにもつながらない、とケスクさんは続けた。

　ケスクさんの彼女は、駅や大学で倒れたり、ケスクさんを夜中に呼び出してえんえんと話をするというようなことを何度か繰り返した後、ケスクさんと知り合って一年ののちに、ケスクさんの言う「ソフトランディング」の状態へとたどり着いた、という。もう、関わっていても誰を疲れさせることもないし、毎日のように過度の苦しみを訴えてしがみついてくることもない、鬱っぽいといって心療内科にかかることもない状態である。

今はどうしてらっしゃるんですか？　となんとなく聞くと、ケスクさんは、どうしてるのかなあ、なんだろう、学生時代の、究極にいびつながら美しい思い出ってやつなんだろうな、と笑った。話を聞きながら、私はてっきり結婚でもしたのかと思っていたので、拍子抜けした。

自分の心を守りながら、上手にマウンティングし続けることで誰かが救われるんなら、お安い御用だよね、とケスクさんは言った。話を聞きながら、残念ながら私には無理だ、と思った。私は駆け引きなんてできないし、理屈を武器に相手をねじ伏せることなんて不可能だ。学生時代のケスクさんのように、話を聞いて過ごすのに膨大な時間を使うこともできなかった。だからやっぱり、すべてを捨てて逃げるしかなかったんだろう。

ま、逃げるしかない人もいるだろうね、ただそれもリスキーだから、俺は身の守り方を説明している、精神の格闘術みたいなものかな、みんな無防備すぎる。ケスクさんの言葉にうなずきながら、私はだんだん眠くなってきていて、実際部屋に戻ってこたつに入ると、夜中までうとうとしてしまった。

次の日は、仕事をしながら、あの会は二回訪ねただけだけど、ちょっと自分に向いてるのかわからなくなってきたな、ということを考えていた。自分でも情けない話なのだが、二度目に訪ねた時に会った人たちに対して、疎外感を覚えていたのだ。ピノさんとはなんとかやっていけそうな気がしたが、彼女がいつ来るのかは定かではないし、連絡先は交換してはいけないことになっている。かといって、仕事先で自分のB群としての経験を語ったりすると、精神的に脆弱で、決断力に欠ける信用のならない人間だと思われそうなので、何一つ言い出せなかった。そんなややこしい人間との付き合いならさっさと切ってしまえばいいじゃないか、と言われればそれでおしまいだったからだ。

私は、帰りの電車であまりにも心細くなって、いつも持ち歩いているA群についての本での、バーブラが語ったことの一部を読み返した。〈自分自身のことにしか関心のない両親や、友人からの仲間はずれ、思春期におけるボーイフレンドからの虐待に近い扱いや、可愛がっていたペットを殺されたこと、などなど、それらすべてのストーリーを少しずつ使い、あなたのことだけは信頼している、という言葉を添えて、ゆっくりと時間をかけて私の注意を引き出そうとする行為から、心を守るすべはあるでしょうか？　私にはありませんでした。アドリアナの苦しみは自然なものに見えました。アドリアナがそういう話をとつとつと、そっけないぐらいの口調で話し、思い出したように快活に笑うたびに、私は、同情すべき無欲な人だ、と思いました。私が少しは肩代わりできるのではないか、と思いました。今考えると、馬鹿な話です。けれども、アドリアナにとっても私から心を引き出すことは死活問題だったのでしょう。私が慰めようとすれば「もう気にしていない」と言い、私が気にも留めないでいると「古傷が痛む」と絶えず思い出させ、巧みに振る舞いました。もっとも恐ろしかったのは、彼女がそれを無意識にやっていたことです〉。

いつもこの部分を読むと、仕方がなかった、となんとか思える。私はぜひピノさんにこの話をしたい、と思った。この街に逃げてきてから、そんなふうに誰かに対して思うのは初めてのことで、先日の疎外感のことを思い出しながらも、私は自分のそういう気持ちを尊重しようと思った。

つらいと感じたら、すぐに用事を思い出したと帰ろう、と決めて、駅前の雑居ビルに向かうと、運の良いことに、ピノさんがビルの前で、小穴さんらしき人と立ち話をしているところだった。二人とも、お世辞にも雰囲気が明るいとは言えないのだが、暗いなりに穏やかに、安らかに何かを話しているようだった。それを眺めていると、私も少しはまともな集まりの中にいるのではないか、と思うことができるのを感じた。

小穴さんはやがて、会釈をして駅の方へと歩いていった。階段を上がっていくピノさんに、こんにちは、と声をかけると、ピノさんは、鶴丸さん、と振り返って頭を下げた。

「小穴さん、ケスクさんに連絡先を教えて、ときどき家に電話がかかってくるようになったんですって」

「え、教えるのはいけないんでしょ？」

「そういう決まりですけど、守ってない人も多いのかな」

「そうなんですか……」

「小穴さんは、携帯もパソコンも持ってなくて、実家の家の電話しかないから、長電話をしてるとお母さんに文句を言われるんだって言ってました」

「ケスクさんはそんなに話すんですか？」

「会に出入りしてる人で、現在進行形でA群と切れられないのは小穴さんだけなんで、ケスクさんはすごく気にして、いろいろなやり方を教えてるみたいですよ」

　へえ、と私はうなずきながら、ケスクさんは何か、ゲームをしているようだな、と思った。不謹慎かもしれないが、Ａ群に対する立ち回り方を、「精神の格闘術」と称するケスクさんなら、そういうように考えていてもおかしくはないように思える。

　まあ、誰にも頼らずにA群とB群の間のやりとりだけでソフトランディングできるんなら、それに越したことはないですよね、とケスクさんの言葉を借りつつ階段を登っていると、踊り場にいた男性が、こちらをぎろりと睨みつけてきた。若い男だったが、目の下が妙にたるんでいて、口元が緩い感じがした。

私は常に、まずい、と思う相手と目が合うように、なぜか脳ができあがっているようで、その日もそうだった。ただ他の日と違っていたのは、一緒にいたピノさんもそういうタイプであるようだということだ。

「A群とかB群とか、妄想だろ。医者が診療報酬を取るために作り出した言葉だよ」大きな声で話しかけられて、私とピノさんはその場で固まってしまった。どちらかが、そういう不意打ちを無視できるような、動揺に強い精神構造をしていればよかったのだが、私はもちろん、ピノさんもそうではないようだった。「愛されないんだよ、もてないんだろ。誰かに必要とされることにしがみついてるのはおまえらじゃないか、ええ。被害者面しやがって見苦しい。他人を利用する知恵もない馬鹿ども」

私は、弱々しく首を振った。違う、と言いたかったが、声が出なかった。か細く息を吸う音が、隣から聞こえた。ピノさんは泣いているようだった。

「馬鹿は使い潰される運命なんだよ。運命に殉じろ」

私は、ピノさんを支えるように、いや、つかまるように、その腕を取った。男は、ピノさんと私の横をすり抜けて、階段を降りて行った。

私とピノさんは、しばらく踊り場に立ち尽くしていたが、やがて気を取り直して、あの、今日は帰られます？　とピノさんに尋ねると、いいえ、せっかく来たんで、お茶でも、と首を振った。会が借りている部屋には、今日は誰もいなかった。

お茶を淹れてお菓子を少し食べ、一息つくと、ピノさんは踊り場の男について知っていることを話し始めた。

「わたしも今日初めて会ったんですけど、イケダさんから聞いたことがあります。たまに会にやって来て、ああやってきついことを言って帰っていくらしいです」

「なんでですか？」

弱っている人間に文句を言い散らして気晴らしをする手合いについては、私も覚えがあったが、この会の性質を知っている上でその対象に選ぶというのは、マニアックすぎるような気がした。

「始めは、Ｂ群だと名乗ってたんです。最初にここに来た時に、少し貢がされて突然去って行った女がＡ群のはずだって話したんだけど、短い期間のことだし、それほど生活に侵入されたわけでもなさそうだから、Ｂ群ではないよね、って言われて、それを根に持っているそうです。それで今は、わたしたちに対して被害妄想だとまくしたてる側に回った、っていう」

Ｂ群じゃないんならそれでいいじゃないか、ちょっとお金を損しただけで済んだんだから、と私などは思うのだけれども、もしかしたら、少しＡ群に関わった程度の人のほうが、まだ力が残っていて、異様な体験をしたという自覚を強く持てるのかもしれない、と思う。

「イケダさんは、あいつはＢ群になりたかったんだよ、って言ってました」

「まさか」

ピノさんは、私の言葉にゆっくりと首を振った。

「わたしもよくわからないけども、ただただ特殊な体験をするということに価値を見いだす人もいるみたいです」

＊

踊り場でいきなり罵られるという経験をしたものの、会に出て人の話を聞いていると、少しはましな気分になるということを発見したので、私はピノさんがいないと思われる日にも、雑居ビルの一室に顔を出すようになった。疎外感を覚えることがあったように、話の合わない人もいたけれども、そもそも話なんて、付き合いの浅い誰ともそう簡単に合うものじゃない、と考えを変えた。だからこそ、昔からの友達もすべて捨てて逃げてしまったことを後悔し、自宅で家事をしている時などにたまに涙が出るようになったが、今はしばらく、この街でやっていくしかなかった。

それに、普通に生活していたら知り合うことのないような人たちでも、彼らの話に耳を傾けていたら、自分に起こったことをあまり思い出さないので気が紛れた。私よりひどい目に遭った人も多かった。ＤＶまがいのことをされていたピノさんはもちろん、イケダさんは貯金がゼロになり、なゆさんはおそらくB群ではないのだが、そもそもまったく人とうまくやっていけない性質なのか、職場の女子全員から嫌われていた。友達もいないようだった。この会に来て、「世の中の女はA群ばかりだから自分はむかつく」と言っているのは、その憂さ晴らしのためだ。それはそれで不自由だろう、と私は思った。でも彼氏はいるとのことだから、べつに必要以上に同情することもなさそうだ。言葉は悪いのだが、あの人よりまし、と思うにはちょうどいい相手だった。

会ったことのある人の中では、小穴さんのことはよくわからなかった。まだ現役でA群とのかかわりがある、というのは、恐ろしく消耗し、自分の存在が揺らぐことなので、いつも目立たないようにじっとうつむいているのも仕方がないことなのだろう。話す気力もないのだ。会の良い所は、そんなふうに小穴さんが過ごしていても、誰も無理に話を引き出そうとしたり、元気づけようとはしないところだった。それぞれが自分のことで手いっぱいだから、自然とそうなっていたのだと思う。

ただケスクさんだけが、小穴さんに、「ソフトランディング」の方法を教えていた。まるで熱心なコーチのように。まだ試していないの？　とか、そこはこう言わなきゃ、とか、そんないい人のふりをしたって彼女を救うことはできないよ？　むしろ手に手を取って落ちていくだけだ、とか。時に、ケスクさんは小穴さんを叱責するような素振りさえ見せた。ケスクさんは、会で生き生きとしていて、とても元気だった。いい大学を出て、いい会社に勤めていて、もともといろいろな能力が高い人だとも耳にした。そういう人が、どうしてこんな、あの踊り場にいた人の言葉を借りれば「使い潰された」人間ばかりが集まる場所にいるのか、私はときどき不思議に思った。俺が彼女をソフトランディングに導いた知恵を共有したいんだよね、とよく言っているのを聞いたけれども、私がケスクさんのように振る舞えない以上、どれだけ促されても、私にはケスクさんの体験は数ある事例の一つでしかなかった。

小穴さんが実は、陶芸家だったことは、相変わらず熟読していた広報誌で知った。イタリアで名のある賞を取ったらしく、短いインタビューを受けていた。小穴、は会の全員が自分自身につけるあだ名だと思っていたのだが、本名をそのまま言っていたようだ。名前を作る気力もないのか。写真はとても小さかったが、目を凝らしてみると、小穴さんに背格好がそっくりだった。フルネームは、小穴誠司《せいじ》さんというらしい。陶芸の話の部分は、私にはほとんどわからないのだが、工房にこもりきりであること、できるだけ作品の制作に集中するために、十八歳から携帯もパソコンも持たないようにしているということなどを話していた。今は二十八歳だという。まだ実家に暮らしているぐらいなので、生活はらくではないのだが、来年から、自分の作品が外国のいくつかの美術館に所蔵されるというのが、自分を知ってもらう何かのきっかけになれば、とのことだった。

　小穴さんの作品が、十数点役所に展示されるという記述を目にして、自分も休みの日に見に行くと小穴さんにどこかのタイミングで告げたかったのだが、最近、小穴さんは会に姿を見せなくなっていた。なゆさんは、ケスクさんについていけなくなったんじゃないですかあ？　と言う。ケスクさんはいっしょけんめい小穴さんを指導しようとしてるけど、小穴さん全体的に元気ないから、そうやっていろんなことから逃げるんですよ、と。そうでもないでしょう、やることはやっている、と私は広報誌を彼女に見せようとしたが、やめた。なにしろここはお互いに連絡先を交換してはいけない会なのだ。小穴さんが陶芸の賞を取ったことも、個人情報なのかもしれない。

　その日は、夜の九時からテレビで見たい映画があるので、早めに会を抜けた。レコーダーを持っていないので、見たい番組はリアルタイムで見なければならないのだ。あらゆるものを実家の部屋に置いて、私はこの街に来た。引っ越しの業者はもちろん、車の出入りさえ、私の関わったＡ群は見ているような気がした。そこまでじゃないだろう、と両親は言ったけれども、私にはそう思えてならず、ほとんど着の身着のままで家を出てきた。

　逃亡生活がやがて安住の地になる目処はまだ立たなかったが、レコーダーぐらいは買うべきなのかもしれない、と思いながら階段を降りていると、こんにちは、と若い女性に声をかけられた。こんにちは、と返すと、人を探していて、と女性は言った。

「どなたでしょう？」

「小穴という人です。陶芸をやっていて」間違いない。あの小穴さんだと私は思った。

「私はギャラリーの者で。小穴さんと連絡が取れないため、こちらに出入りしているとお聞きしてやってきました」

「はあ」

「小穴さんのお知り合いですか？」

「まあ」

「小穴さんのキャリア上の重要な話をしたいので、ちょっとあちらでお話でも」

女性が、ビルの向かいのカフェを指差すので、私は首を振った。

「小穴さんとは親しくもないし、連絡先も知りませんし、そんなお話をされても困りますので」

「でも、この先顔を合わせる可能性はあるんでしょ？」

女性はにこにこしていたが、口調は有無を言わせなかった。そして黒目がちな目は空洞のようだった。私は、ある既視感を感じながら、もしかしたら、またいつか小穴さんと顔を合わせる日に、このことを言わなければならないかもしれない、と思った。

「少しだけなら」私は言っていた。早く家に帰りたい理由である、楽しみにしている映画の名前を言おうとしてやめた。小さなことだが、自分をほめてやりたい。「陶芸のこともわかりませんが」

女性は、やった、と小さく手を合わせて首を傾げた。魅力的な、かわいらしい人だと思う。女の私から見てもそうなので、男の人から見たらもっとなのではないか。

カフェの窓際の席で、女性は門脇《かどわき》みちると名乗り、小穴さんがいつ会にやって来るかだとか、それは何時頃かだとか、最近は来ているのか、と陶芸のことなどそっちのけで、小穴さんの行動パターンについて私に訊き始めた。私は、すべての質問に対して、自分は最近来るようになったばかりだからわからない、と答えた。

「小穴さんとはいつ会で会われました？」

「覚えていません」

「朝でした？　昼でした？　夜でした？」

「わかりません」

その程度のことにまで白を切る私に、門脇みちるは、わずかながらも苛立ちを見せ始めた。手元のナプキンがときどき握り締められて歪み、ケーキの皿の上で鳴るフォークの音が大きくなった。

「朝か昼かぐらいはわかるでしょう？」

「わからないんですよ。記憶障害があって」

私がそう言うと、門脇みちるは、一瞬真顔に戻って、驚くほど光を反射しない目で私を見遣った。私は、見つめ返していられなくなって、目を伏せる。

「ねえ、本当のことを言ってください、私も本当のことを言いますから」

「全部本当です」

私の答えには構わず、門脇みちるは話を始める。

「誠司は私の恋人なんです。高校三年の時からの。中断したりしながら、八年付き合いました。それで、結婚の話が出始めると、突然連絡が取れなくなって。ひどくないですか？」本当の話なら、ひどいかもしれない。でも私は、門脇みちるは小穴さんのA群なのだと確信を持ち始めていた。身が硬くなった。「よりを戻そうとか、そういうふうに思ってて、誠司に会いたいわけじゃないんです。一言だけ、ありがとうって言いたくて、どうしても」

　あと、ごめんなさい、も、と門脇みちるは続ける。私は、あやまりたい、という言葉の罠について思いを巡らせ、見事にはまってきたな、とある意味感心した。Ａ群は、性別の違いやＢ群との関係性の違いはあれども、基本的にみんな似ている。たとえば、私とはまったく違う、どろどろの男女関係を体験したイケダさんの話でさえ、思い当たることがいくつもある。

　暖かい店内で、私は寒気を感じながら、目の前の門脇みちるから逃げるように外の風景に視線をやる。ギャラリーの者だというのは嘘で、そのことについてはまったく悪びれもせず、もしかしたら、門脇みちるという名前も偽りかもしれない。けれども、門脇みちるは、まったくもって後ろめたい様子を見せない。目的のためには手段など選ばない。

　ビルの入り口から、ケスクさんがきびきびとした様子で出てきて、自信に満ちた足取りで駅の方に向かって歩いていくのが見える。彼の言うことは、私にはときどきよくわからないが、あの自分を信頼している感じだけはうらやましいと思う。

「あいつ」私の視界に、何か場を柔らかくする話題を拾うかのように窓の外の様子を探っていた門脇みちるは、不意に冷淡な声を出す。「こんなとこにいたんだ、なんでだろう」

「あいつ？」

私が訊き返すと、門脇みちるは、いえ、と棘のある言葉をごまかすようににっこりと笑って、すぐにその表情を拭い去り、うつむく。

「大学の先輩です。それで、なんていうか、私のストーカーだったかも」

「どういうことですか？」

押しても引いても、覚えていない、の一点張りだった私が、はじめて興味を示したせいか、門脇みちるはそれを突破口にしようとでもいうのか、体を縮こまらせて、肩から掛けたストールを胸の前で寄せる。

「大学二年だったかな、私と誠司が別れていた時に、風間さん、風間さんっていうんですけど、あの人と知り合って。よく一緒にいるようになりました」人と話すのが好きな人みたいで、という言い方は、とても冷たかった。そんなこと、何がおもしろいのか私にはわかりませんけど、と暗に言っているようだった。「当時は誠司とまったく連絡が取れなくて、誠司も美大で悩んでた時期だったから、そっとしておかなきゃって、そしたら時間ができて、私は風間さんとよく過ごすようになりました。そのうちに、いつの間にか彼女扱いされるようになって」

私は、ひとりでに歪んでいく自分の顔を隠すように、下を向いて紅茶のカップを傾ける。小穴さんのＡ群と、ケスクさんのＡ群は、おそらく同じ人物なのだ。この門脇みちるという。小穴さんとケスクさんはお互いを知らないのだろうか。小穴さんは美大に行っていたというし、それもまったくありうる。

「そりゃ、毎日何時間も風間さんと電話や、学食や、カフェや、彼の部屋で話していたら、そういう勘違いは起こるかもしれませんし、それは反省してますけど。私も、誠司と連絡が取れなくてつらくて、生きていることをはかなんでいる時期でもあって、そのことをたくさん話しました」私はうなずいて、紅茶のおかわりを注文する。とにかく、何もなしにこの話に付き合うことはできないと思った。「風間さんてなんていうか、コミュニケーション過多なタイプなんで。私だって話に付き合ってる部分はあったと思う。彼の、なんていうかな、いろんな哲学者とかの文献から引用したりする、ペダンティックな話に、納得したり影響されたふりをしてあげたりしてね。いい人はいい人だったんで。リストカットしたら必ず電話したりはしてました。だって誠司は携帯もパソコンもタブレットも持ってないから、連絡が取れないんだもの」

　でも、ＦＡＸは持ってるんですよ、おかしいでしょ、と門脇みちるは微笑んだ。そうですか、と私は呟いた。

ケスクさん（風間さん）が大学を卒業し、なおも門脇みちるの傍に寄り付こうとすると、その頃から、小穴さんが再び家の電話に出るようになったので、門脇みちるにはケスクさんを相手にする時間がなくなった。もちろんそのことは言わずに、今は就職活動で忙しいから、とケスクさんを遠ざけようとすると、ケスクさんは門脇みちるに付きまとうようになったという。メール、電話、ＳＮＳのすべての「会おう、話を聞くよ」というメッセージに対して、「もう聞いてもらうことはない」と返事をすると、ケスクさんは駅や校門で待ち伏せたりするようになった。それは一ヵ月続いた。ね、ストーカーでしょ？と門脇みちるが言うので、ストーカーは付きまといますね、と私は肯定でも否定でもない言葉をなんとかひねり出した。

「風間さんが待っていた頃のことを思い出して、怖くなってきました……」門脇みちるは、思い出したように怯えた表情を作り、両腕でもう片方の肘を抱くしぐさをする。「誠司に会って、安心したいな……。誠司、陶芸の賞を取ったんですよね。きっと海外での成功を約束されてる」

そういうところも見るのか、と私は思った。

申し訳ないんですけど、覚えていないんですよ、と私は繰り返した。門脇みちるは、一瞬だけ、驚くほど冷たい目で私を見遣った。胃腸をつららで撫でられたような気がした。

あまりに怖かったので、でも、何かあったらお伝えしますよ、と私は言ってしまった。どこまでも突っぱねられないところが、自分の弱さだと思った。門脇みちるは、私の携帯番号を知りたがったが、私は携帯は家に忘れた、と偽って、門脇みちるの電話番号だけを聞いて、店を出た。会計をしながら、自分はもう、あの会には行けないなと思った。小穴さんに会えなければ、門脇みちるは、何かの断片でも聞き出すために、私を目標に定めるのではないかという気がした。

そしてコンビニで便箋と封筒を買い、家で手紙を書いた。封筒には、小穴誠司様、と書いた。インターネットで小穴さんの作品を探し、その印象をひねり出して、ファンレターのようなものを装った。そして追伸の部分に、「会にはもう来ない方がいいです。あなたのＡ群が訪ねてきました。私ももう行けません。どうか幸運を。　鶴丸」と書いた。小穴さんの作品を展示している役所の職員さんに渡すつもりだった。

何もする気が起こらなかったので、それから私は二十二時には布団に入った。映画のことはとっくに忘れていた。眠れなかったので、いつも持ち歩いているＡ群についての本をバッグから出してきて、以下の部分を読んだ。バーブラがカウンセラーに話した内容だった。〈これはアドリアナとの付き合いではなく、自分が実際仕事をしていく上でわかったことなんですけれども、人間が最終的に目的にしていることは、他者からの信頼を得ることだと思うんです。自分という人間を信じてもらうということです。そのためには、私とある期間付き合って、私の人格なり、仕事ぶりなどを見てもらう必要があります。けれども、若い時は、信頼を得ることにそんなプロセスがあるということを、私はわかっていませんでした。あまりにも自分に自信がなかったのかもしれません。アドリアナはそういう時期に私の前に現れ、私という人間の何たるかをほとんど知りもしない段階で、天性の何かで私の渇望を見抜き、「あなたを信頼している」と言ったのです。私はそれにすがり、自分が何かそれまでよりも良い人間になったような気持ちになりました。平凡な人生を送ってきた私にとって、アドリアナの苦痛は特別なものにも見えました。そして、アドリアナの荷を軽くするために、何らかの義務を果たさねばならない、と思いました。自分に合った目的を見つけると、人は気分が良くなりますよね。私は、容姿もよくなくて、成績もいまいちな、気の弱い子供でした。けれども、人生の目的を探していました。アドリアナはそれをわかっていたから、それに信頼という花をあしらって私に贈ったんです。にわか造りのものであっても、それは私の誇りになってしまいました。人は何者かになりたいんです。誰かから信頼を得ている何者かに。たとえその信頼の中身が空洞でも、信頼を得ているという気分自体が妄想であるとしても〉。

＊

その出来事から、四年が経過した。私はなんとかこの街に馴染み、レコーダーも買って、質素だけれども静かな生活を送っていた。倉庫での仕事の他に、週二回の医療事務のアルバイトもするようになり、友達もできた。そのうちの二人が、会で一緒だった日野さんと小穴さんだった。私の書いた手紙は、小穴さんに無事届けられた。手紙を届けるために一度役所に作品を見に行って（それは、陶芸のことがぜんぜんわからない私にもとてもいい作品だと思えた）、気になるので最終日にも訪ねると、小穴さんから声をかけてきた。注意してくださってどうもありがとうございます、と小穴さんは言った。駅はもうあそこを使わないようにして、実家から出ます、工房は、しばらく県境にある友達の所を借りることにしました。そうやって話しているところに、日野さんがやってきた。日野さんも、広報誌を読んで、あれ？　と思ってやってきたのだという。

鶴丸さんがぜんぜん来なくなったので、残念に思っていた、と日野さんはその帰りに言ってくれた。私は日野さんに連絡先を教え、一年後、日野さんは小穴さんと交際を始めたと教えてくれた。二人ともサイクルロードレースが好きで、お互いだけがその話をする相手だったので、自然とそうなったのだという。会に出入りしていた時も、よく外でレースについての立ち話をしていた。

そして最近、私は医療事務の資格を取得し、正社員としての仕事を探し始めた。もちろん、職探しは簡単なわけではなかったけれども、とにかく前に進んでいるという実感を得ていることは大事だった。気晴らしに、編み物教室に申し込んだりもした。A群B群のことでもっとも憔悴していた頃に出入りしていた会が借りていたのと同じビルで開かれていて、すごく迷ったのだが、とても好きな作家さんが開催しているものだったので、私は行くことにした。

今も、さまざまな自責の念がよみがえってくることがある。私は本当に弱い人間だと思う。でもそれは仕方がないことだ。それを受け入れてやっていくしかない。編み棒を持つ手つきをしながら、おぼろげな記憶のある階段を登った。踊り場では、見知らぬ男に怒鳴り付けられたことを思い出したが、それほど怖いとは思えなかった。

二階の部屋は、まだあの会が借りているようだった。

いいかい。

記憶の片隅にあった、かすかに聞き覚えのある声が語っている。

君たちの優しさや真面目さは弱さのあらわれだ、否定はしないけれども、A群に対する戦略の中では、切ったら必ず共倒れになるカードだ。そうしたいのなら、その美質を後生大事に持っていてもいいけれどもね。でも俺は、俺の成功体験における知識を君たちと共有したい……。

本当に門脇みちるは「ソフトランディング」をしたのか。そんなことは、彼にはどうでもいいことなのだろう。自分が彼女に良い影響を与えたという、自分の観点こそが大事なものなのだ。それを強化するには、ちょっとした、自分のやり方とは違う方法を取る人たちへの否定が必要になる。彼にとって私たちは、サイズ比較のためのタバコやマッチ棒のようなものだ。

私は、編み棒の手つきを止めて、三階のドアをノックした。どんな妄想にでもすがりついて生きていけるのなら、私はせいぜい、三ヵ月以内に大判のストールを編むということぐらいでよしておこう、と思った。

粗食インスタグラム

昼休みに、自分の席のPCで画像SNSをぼんやりと眺めていて、突然頭の中がぎゅーっと締め付けられるような感覚に陥った。脳が嫌がって身を縮めるような感じだ。身に覚えがないし、自分のホームに表示される内容もある程度は選んでいるつもりだった。火山の観測所のだとか、花のイラストの描き方のだとか、周りの人は誰も知らないアメリカの東海岸のバンドのだとか、編み物のおもしろい図案のだとか。キラキラしすぎてなかったり、情報やアイデアの発信に徹している気楽なアカウントを選んでフォローしているはずなのだが、脳が画像から隠れたがってうずくまったような気がした。

数枚画像をさかのぼってみて、原因がわかった。三年前に社員旅行で上海に出かけた時に、現地の食事の情報のアカウントをいくつかフォローしたのだが、その中に、ものすごくきれいな朝ごはんの画像を投稿しているものがあったのだ。社員旅行用のアカウントはほとんどフォロー解除したのだが、そのアカウントだけはなぜか解除し忘れていて、だからといって有害な画像を見せてくるわけでもないからとそのままにしていたのだ。でもそのアカウントが投稿している画像を見ると頭が痛くなる。私は基本的には食べ物の写真を見る趣味はないのだが、そのアカウントは勤勉で、毎日きれいな食事を見せてきていた。運営しているのはフードコーディネーターなので、当然といえばそうだろう。

自分が言いがかりをつけてるんじゃないかと気になって、そのアカウントの画像一覧を見にいくと、やはり頭がぎゅうぎゅうと痛くなってきたので、とにかくフォローを解除して人心地ついたのだが、疑問は残っていた。

きれいなごはんの写真を見ているとつらくなるのはなぜか？　手が届かないから、妬ましいから、とすぐに理由は出てくるのだけれども、それ以上に、食べたらなくなってしまう、胃に収まったらだいたい同じグロいものになってしまうその一食の画像に、恐ろしいほどの判断と技術の積み上げが隠されていることを想像してつらくなるのではないか。

それとは真逆の、手がかかっていない食事の画像を無性に見たくなって、わたしは数年前によく見ていた、オフィスでのランチ画像ばかりを集めたべつのＳＮＳのブログを見てみることにする。「オフィスでのランチ」というと聞こえはいいけれども、要は「自分のデスクでの貧弱な食事」の画像ばかりが投稿されているブログで、眺めていると心が安らぐので定期的に見にいっていた。ブログのタイトルは〈ｓａｄ　ｄｅｓｋ　ｌｕｎｃｈ〉だった。

「貧弱な食事」縛りのアカウントは、やはりやっている方も投稿する方も気が滅入るのか、更新は三年前で止まっていたが、保存容器に入ったブロッコリーとソーセージだけがはさまったホットドッグとか、器に入っているだけの豆のスープとか、茶色いパンにハムが一枚置かれているだけのサンドイッチとか、ぐしゃぐしゃのビニール袋に入ったワッフルとか、食べ物じゃないけれども折れたプラスチックのフォークなどを改めて見ると、やはり安心した。画像の八割がたには、キーボードが写り込んでいる。こんな物を食べていても他人は生きていると思うと、自分も生きていていいのだと思える。

　デスクでの貧弱な食事の画像に、心の底から共感しつつ、しょうもない食事は自尊心の低下につながるとか言ってそうなやつがいるけれども、食べ物についての判断が人間を疲労させることも確かだと思わないか？　と私は脳内で設定した仮想敵に反論する。ていうか高いだろうきれいな食事。浪費してしまったという感覚で精神が疲労することもあるんだよ。よほど自分に合うものじゃないと。

　試しに、ものすごくきれいな朝ごはんの方の画像ＳＮＳに戻って、「ｓａｄ　ｄｅｓｋ　ｌｕｎｃｈ」と検索してみると、ＳＮＳの規模のわりに五千件しか投稿されていない上、少しもサッドじゃない食事にタグがついていて戸惑う。このＳＮＳ自体がサッドなものを見せる場ではないということなのだろうと瞬時に思う。試しに、検索結果の中の画像を一枚開けてみると、「この簡単なサラダでｓａｄ　ｄｅｓｋ　ｌｕｎｃｈにおさらばよ！」というような内容だったりして、べつにおさらばでいいけどタグは付けないでくれ！　そういう文脈のは求めてないんだよ！　と私は両手でデスクを叩いて抗議したくなる。

　仕方がないので、昼休みの最後の三分を使って、アメリカの給食についての記事を調べることにする。ピザとフライドポテトとりんご丸一個と牛乳とか、マカロニチーズと牛乳とピーナッツバターのサンドイッチなどの画像は、自分のデスクでの悲しい食事ほどはぐっとこないのだが、「おさらばよ！」よりは間違いなく自分の見たかったものに近く、やはり心が安らいでゆく。

そしてチャイムが鳴って我に返る。なんでこんなものを見て心が安らいでるんだ、なんだかけっこう歪んでないか？　私は何をしているのか？

それから二時間、私は自分のデスクで、電話を取ったりメールを開封したりしながら、自社がその依頼や要望を受け入れるか判断したり、判断しきれなければ課長に判断を仰いだり、それはそっちで判断してくれと逆に課長に差し戻されたりしてえんえんと過ごした。私の仕事は、一言で言うと「判断をすること」だった。判断は、一見右のものを左に動かしているだけなのだが、恐ろしく疲れることでもある。あまりにも判断することを仕事の外で目にしたくないのか、サッカーやバスケットボールなど、選手がめまぐるしく判断しているスポーツを見ていると胸が悪くなってくるので、テレビを見ていてその手の映像が流れてくると必ずチャンネルを変えるかテレビを消す。

私は、リニアな、決まりきったことが好きだ。仕事にしているのだから、判断に向いていないというわけではないだろうけれども、とにかくその外では、判断をしたくない。オバマさんは、あまりにもいろいろ決めないといけないことがあるので、スーツはブルーかグレーしか身に着けないと決めていたと耳にしたことがある。いや、シャツだったかもしれない。私とオバマさんには、この十年で白髪が激増したという共通点しかないが、とにかく、判断を減らしたいというその気持ちにだけは激しくうなずけるものがある。ちなみに私は、洋服はクローゼットの右側にあるものから着ていく。洗濯をしたら左に戻す。手に取った服がどれだけ気分にそぐわないものであろうと、それを着る。判断をするぐらいなら、その日一日後悔をする方がいい。

仕事の合間の休憩時間に、再び〈ｓａｄ ｄｅｓｋ ｌｕｎｃｈ〉のブログを今度は携帯で眺めながら、なぜ自分はサッドなデスクランチやアメリカの給食を見ると少し楽になるのかと考える。

食べることに疲れていて、自分はそのことに罪悪感があるのかもしれないと思う。しかし食べることは私にとっては判断を伴う。私は判断がもうしんどい。けれども何かを食べないと生きていけないのは理解しているから、せめて悲しい食事で生きようとしている仲間を探して安心しようとしている。

人間性のしょぼさがすごいのだが、これも生き延びる知恵だと思いたい、といったんは結論して仕事に戻ると、物置になっている無人のデスクを一つ挟んだ、隣の隣の席で、課長がバリバリという音を立てて三時のおやつの袋を破っていた。

「酸辣《さんらー》春雨の箱が来てるからって内線あったよ」

「了解です」

「飽きたりしないの？」

「しません」

昼ごはんはここ一年ほど、カップの酸辣春雨と会社の隣にあるコンビニの『三十品目のサラダ』というものをずっと食べている。他のものを食べたいという時もあるけれども、迷うこと自体がストレスにつながるので、結局それに落ち着いている。べつになにも食べたくない日は、そういう思考停止はありがたく感じたりもする。

「私は毎日同じものを食べると飽きてしまうな」

課長は、デスクの上に置いたA４のコピー用紙の上に、先ほど袋を破いたチョコレートのかかったビスケットを数枚置いて、なぜかその様子を携帯で撮影している。昨日も同じようなことをしているのを見かけたし、おとといもだ。その前の日にもやっていたような気がする。課長がこれから食べるものを撮影してＳＮＳにあげるというような趣味に目覚めたかというと、それも疑問だ。なぜなら彼女たちは、写真に撮るんならちゃんとした器の上にお菓子を置くであろうから。まさかコピー用紙の上にお菓子を置いて「これから食べまーす」なんて言わないだろう。

「これね、間食を記録してるんだよ。おやつを食べ過ぎないように」

「なるほど」

「画像を共有できるサイトに上げて、妻にも見せてる。妻も同じことをしている。二人とも呑まないし、煙草も吸わないから、ついつい甘いものが家に溜まっていくんだよ」

課長によると、奥さんが夕食後にテレビを見ながら食べていた菓子パンの袋裏をしげしげ眺めると、１０２６キロカロリーもあって度肝を抜かれたらしい。自分もそれほどではないが同じようなものを食べていたし、これでは共倒れだ、という話になって、そういう後ろ向きな間食の画像とそのカロリーを共有して、自分たちを戒めることに決めたそうだ。まったく楽しくはないが、自分がなんとなく口に入れている甘いものの履歴が一目でわかるため、少しはお菓子を減らせるようになったそうだ。

「あの昼ごはんの様子を見てると、君はまったくこんなことをしなくていいんだろうねえ」

「減らさないといけないものはないと思うんですが」

どうだろう。私は課長のように変な間食をしない代わりに、平日なのに九時間寝るような生活をしているので、睡眠時間を少し減らした方が良いのかもしれない。起きて会社に行って帰ってきて寝るというだけの暮らしをしているため、私生活というものがほとんどないのだ。

「まあ、うらやましいよ。食べ物の誘惑を簡単に遠ざけられる人は」

課長はそう言って、心底からのものと思える溜め息をつき、携帯を脇に置いて湯呑み片手にビスケットを食べ始める。本当に、嫌味でなく、昼ごはんに同じものばかり食べている私は、課長からしたらごく軽い羨望の対象ではあるのだと思う。課長に、奥さんと間食の記録をつけている画像のクラウドについて教えてくれと頼んだのだが、それはさすがに恥ずかしい、と顔をしかめられた。けれども、一部なら見せてあげよう、ということで、私のＰＣの共有フォルダに、直近の五日間ほどの課長と奥さんの間食の画像が送られてくる。確かにカロリーの高そうな菓子パンや総菜パン、アイスクリームやスナックが、コピー用紙や適当なお皿の上に置かれている画像を見ると少し気が滅入るし、何を食べてるんだという気分になるけれども、ちょっとした自虐の楽しさのようなものも漂っている。課長と奥さんは仲がいいんだろうな、とも思う。

自分はべつに画像を交換する相手はいないけれども、やってみようかな、とふと思い付いた。こういう時のための画像ＳＮＳでもあるだろう。

昼ごはんを撮影しても毎日同じ酸辣春雨と三十品目のサラダだから、晩ごはんを撮影して記録してみたらどうか、と思い付く。晩ごはんにはいつも困っている。昼ごはんよりは時間的な余裕のある分、自炊をしたりちょっといいものを食べに行ったり、という希望をいつも抱くのだが、それが叶えられるのはだいたい月に二回ぐらいという頻度の低さである。もうどこに行こうか何を食べようか迷っているのがいやで、食べない日もある。その日は何も置かれていないテーブルを写せばいいのだ。

きっと悲惨なことになるだろう。

*

【×月×日　クラッカー＋水】

どれだけ口にしたいものが思い付かなくても、夕食を選ぶためにコンビニに入って水しか買わないで出てくるということは人生で初めてだった。しかも2リットル。水を買いに行って水だけ買って出てくるということはある。でも、決めきれなかったのだ。決めるぐらいならもう、水だけでいいと思った。

駅の自転車置き場で錠を外しながらすでに、嫌な予感がしていた。何も食べたくなかったのだ。腹が減っているのか減っていないのかも、ちょっとよくわからなかった。昼にカップの酸辣春雨と三十品目のサラダを食べただけなら、今までの自分の日常に照らし合わせると空腹ではあるはずなのだが、疲れ切っていたらもう、自分が空腹かどうか判断するのも面倒になってくるようだ。

　仕事で、ちょっとした変化があったのが原因だろうか。べつに異動を命じられたとか、そうでないにしても違う作業を覚えろと言われたというのでもなくて、ただ、得意先の担当者が変わると告げられた。そんなのはべつによくあることだ。今日で最後だと言われた先方の担当者は、おそらく私と同い年か少し年上ぐらいの女性で、無駄な話は一切しないけれども、口頭やメールのやりとりのはしばしに、静かな気遣いが見える人だった。取り引きの真っ最中で、あまりにも私の方で考えなければいけないことが多いとなると、自分の側である程度判断してくれて、別の選択肢についてはオプションとして書き送って確認してくれというぐらいにとどめて、逆にまったく仕事をしていない時期は、他愛のない時候の挨拶のメールを送ってくれるような人だった。

　いい人だったように思う。それが、別の担当者に交替することになった。私がやりとりの記録を提出している部署の女性に、担当者が変わることについて告げると、あらあ、と私の後輩の彼女は意味深に肩をすくめて見せた。

「田添《たぞえ》さんになるんですよねえ。この人イケメンですよお」

「そうなの」

「すっごいイケメンですよお」

「うん」

私は、仕事が積んでいるわけではなかったが、とりあえず話をしたい気分ではなかったので、その場を離れたかったのだが、彼女はちょっと身を乗り出して尚も言い募ってきた。

「だからもてるんですよお。でも付き合ってる人はいるんですよ、いないふりをしてるんですけどね」

「そうか」

どうでもいい、と言いそうになる。それを通り越して、胸が悪くなってくるのを感じる。基本的に仕事相手については、向こうが言ってくるわけではない余計な情報は入れたくないと思っている。表面的なことだけでいい。私と仕事をしてくれる瞬間だけスムーズな人間であってくれれば、べつに善人か悪人かは問わない。善人ならば、少々の滞りがあった場合、まあいい人だからな、と何かあった時にこちらが気分的に避難できるという特典はあるけれども、まったくやりとりを滞らせない人であるならば、悪い人間でも特に構わない。その悪さについて、得々と私に説明してくるということさえなければ。

ましてや、彼女が持ちかけてきた「イケメンでもてて付き合っている人がいるがいないふりをしている」という情報は、個人的には全く不要な情報である。先方へあいさつ回りに出かけたりする部署の彼女なら、相手の顔を見て話したり、その上で食事に誘われたりということもあるかもしれないけれども、私は電話とメールとＦＡＸ以外では仕事相手とやりとりはしない。

彼女に担当者の交替について報告しに行くまでは、何か食べたいものがあったと思う。なめこおろしそばとか、ちょっと難しいものだったのだが、とにかくあった。でも話を聞いているうちに、胸が詰まってしまって、地元の駅に帰る頃にはそのことを忘れてしまっていた。そして、そうだった、と思い出しても、もうそばを食べたいとは思えなくなっていた。駅前の牛丼屋やハンバーガーチェーン、カレー屋などの店先を、自転車でゆっくりと通り過ぎながら、何か欲しいものはないかと自分自身に問うてみたのだが、特に何も食べたいとは思えなかった。

自宅の近くの大きなスーパーに寄って、もうお菓子でもいいから食べたいものはないか、とすべての棚の上から下までを凝視しながら、あらゆる角を曲がって、店内をローラーにかけてみたのだが、何もアイデアは浮かばなかった。いいような気がする、というものがあっても、手に取って値段を確かめると、それほどのものだろうかという反駁があったり、作り方が今の自分には煩雑に思えたりした。

　それよりも石鹸が欲しい、一晩中手を洗っていたい、と現実逃避じみたことを考えながら売り場の端まで辿り着き、時計を確認してみると、自分がスーパーに入ってきてから二時間弱が経過していて愕然とした。何度も腕時計を見直し、地元の駅に帰って来た時間を思い出して、いやいやそんなにいたわけじゃないだろうと思おうとしたのだが、やはり二時間ほどを私はスーパーで無駄にしていた。

　私は、改めて自分が何も決められないことが怖くなって、いやしかしこれは選択肢の多さが原因なのだ、と思い直し、自宅からいちばん近いコンビニに入って、いちばん最初に目についた何かを食べればいいのだ、といったんは決めたのだが、店に足を踏み入れて最初に目が合ったのが、地元のコンビニのチェーンがお菓子の購入の特典で配布しているアニメのクリアファイルだったりして、一息にテンションが下がってしまった。私は、髪型以外は全員が同じ顔に見える萌え絵を凝視しながら、こういうのが好きな人にとって人間の顔っていうのは、造作じゃなくて仕様でしかないのだろうか、でもそれはリアルな人間でも同じようなところがあるか、などと完全に無駄なことを一瞬で考えてしまい、ますます自分が食べたいものを思い付くことから遠ざかってゆくのを感じた。

　スーパーの何十分の一かの広さだったが、私はコンビニでも同じように、隈なく棚を見て回った。しかし、何も食べたいと思えなかった。じゃあ飲むのはどうかと、飲料のケースもスクワットしながらカニ歩きをしているかのようにすみずみまで見たのだが、欲しいものはなかった。

食べることにアイデアがないと、昼間耳にしたどうでもいい話が頭に浮かんでくる。そうかもてるけど付き合ってる人がいてそれを隠してるのか。たとえば、頭を押さえてその場にうずくまるというような派手なアクションをするわけではないけれども、脳と腹の底の方に、確実に溜まっていく重くてどろどろしたものの存在は強く感じる。このコンビニに入ると同時に目が合った萌え絵のクリアファイルも、それに一役買っているのかもしれない。

頭を取り出して清流で洗い清めたいと思う……。そうか、水だ。自分は水が欲しかったのだ。私は、冷蔵ケースのいちばん下段にあったミネラルウォーターの2リットルペットボトルを手に取って、ふらふらとレジへ歩いて行った。

水だけが入ったコンビニの袋を自宅に持ち帰り、ダイニングテーブルに着いて水を飲む。テーブルの上には、一週間ほど前に買ったクラッカーの箱が置いてあったので、もうこれでいいや、と皿の上にクラッカーを十枚ほど出して、二杯目の水をグラスに注ぎ、それらを並べて携帯で撮影した。

ひどいな、と思った。けれども、水もクラッカーもまずくは感じなかった。時計は九時半を回っていて、これを食べ終わったら風呂に入ってすぐに寝よう、と思った。

*

【×月×日　ソフトクリーム＋コーンスープ】

会席料理のことはなんだかよくわからない。だいたいいつも、何でも出てくるな、と思って終わりである。私にはもったいない。でも、もったいなくても、予約をせよという指令が出たのであれば、私は否応なしに評判の良い会席料理屋の予約をしなければならない。

その日は、会社の顧問の誕生日を祝う飲み会があった。社内全員、というわけにはいかないが、とりあえず女子社員は来るようにというお達しだった。回覧を回してきた先輩に、我々はもはや女子という年齢ではないから行かなくて良いですよね？　と言うと、そうね、と真顔でうなずいた。でも、そんな年齢の人間であるがゆえに、そんな道理も通らないこともわかっていた。

舟にのっかった魚のお造りや、評判の良いお酒が出てきて、その場にいる人たちはみんな喜んでいるように見えた。私もとりあえず口角を上げていたが、だんだん口の中が痛くなってくる。回覧の話をした先輩か、いつも一緒に働いている部署の同僚の所に行きたかったのだけれども、私はなぜか上役に三方向を囲まれていて、頼みの綱であるはずの右隣に座った課長も、さらに隣に座ってる新入社員の男子と、携帯のカメラの画素数の話に夢中だった。課長はあれから、コピー用紙の上にお菓子を置く、というルールは守っているものの、角度や露光を工夫して、よりまずそうにお菓子を撮影する方法を追求している。どうも奥さんが、食後の菓子パンを半分に減らすことに成功しそうなのだという。

　とにかく、周囲の人々のコップが空になったらビールを注ぐ、ということに集中する。まるで鹿威《ししおど》しのように。私の左隣に座った常務は、マカオでゴルフをした話を私に持ちかけてくる。空が青くて気持ちよかったそうだ。それはすばらしいですね、と私は頬の筋肉が引きつってくるのを感じながら言う。私はだいたい何の話でもできると自負している。新聞を隅から隅まで読んでいるわけではないが、ニュースサイトの社会面的な記事は各社を見比べているし、スポーツの記事も一通り読むし、芸能関係もポータルサイトのトップページにヘッドラインが出る程度のことは知っている。テレビでも、社会問題系のドキュメンタリーは録画して観ているし、映画もなんとか月一本は見る。しかしだ。マカオとゴルフ。針の穴を通すかのような精度の守備範囲外に、私はただ、いいですね、すばらしいですね、と連発するしかなかった。マカオ行ってみたいです、とか、ゴルフやってみたいです、とは口を滑らせても言わないのが、せめてもの抵抗だった。

　右斜め前に座っている、私と同じように頰の筋肉が痛くなっている感じの隣の部署のパートの女性が、私の小皿の上に焼き鳥を置いてくれるのだが、鳥にも彼女にも申し訳ないことに、私は気持ち悪いと思ってしまう。いや、好きだったはずなのに、焼き鳥。

「ぜんぜん食べてないですよね？」

「いえいえ食べてますよ」

　私は目を見開いてうんうんとうなずく。こめかみが痛い。そして、頼んどいたよ、と他の誰かが私の前にウーロン茶の入ったグラスを置く。実は私は、ウーロン茶を飲むと頭痛がするという面倒な体質なのだが、もう何も口にする気がしないので、とにかくのどを潤すためだけにでもとグラスに口をつける。

　しかし案の定、頭が痛くなってきた。飲み会が始まって一時間、私はもはや、うつろな目をして、片方の口角しか上げられない状態で、誰の話にでもなくうなずいていた。

　飲み物のお代りを訊かれて、炭酸水を頼んでようやく人心地がついたと下を向いてため息をついていると、元気がないね、と左斜め前に座っている顧問から声を掛けられた。私は、去年天中殺だったんで、その疲れがたまってて、と答える。そのこと自体は本当だ。

顧問は妙な目つきをして、そうかね、と言って、自分の右隣の新入社員の女子に話しかける。私の話など一秒で忘れたとでも言いたげに。

そりゃないですよ、と言いたくなる。私はこの会の店の手配をしたんですけれども、一軒目に予約したすき焼きの店を、昨日脂っこすぎるからだめだって言われて、二軒目に予約したうどんすきの店を、今朝あっさりしすぎてるからだめだって言われて、じゃあもう会席料理ならいいだろって、月末の金曜の今日に予約が取れるかどうか冷や汗かきながら午前中探したんですよ。それで、十九時からはだめだけど二十時からなら大丈夫だって言われて、開会が一時間遅れることになって、帰りも一時間遅くなることは確実なんですよ。そりゃ元気もないですよ。

いや、会社の人を嫌ってるとかではないです。でも、毎日一緒にいますし、その時間の長さには限度があるんです。すみません。若い女子に無料でちやほやしてもらえる機会に、私が元気がなくて。申し訳ないです。

私はそうやって心中では勢いよくあやまり倒すものの、もはやそれを出力する気力がないので、ただ無表情で炭酸水を飲んでいるだけの陰気な女になる。お酒を注ぐこともなく、今度は台湾旅行の女性ガイドが男好きのする美人だったという常務の話を聞いていると、かやくごはんが運ばれてきて、唐突に、これなら食べられる、とスイッチが入るのを感じる。小さい茶碗の中に控えめに盛られたごはんの約三分の一を箸に取り、口に入れる。程よく味がついていて食べやすい。私は、一日目と二日目で迎えに来る男が違ったんだなー、という話にふむふむとうなずきながら、三口でかやくごはんを食べ終わってしまう。目ざとく周囲を見渡すと、これまでの魚のお造りや焼き鳥や鰻で腹がくちくなってきた人が多いのか、茶碗に手を付けていない人がけっこういたので、私は手始めに、隣に座っていた課長から茶碗を譲ってもらい、続いて、その前に座っていたパートの女性にかやくごはんを恵んでもらう。

「それは食べられるんですか？」

「みたいです」

そううなずくと、彼女は、自分の左隣の女子にも声をかけて、茶碗をもらってくれた。私は、すみませんすみません、と礼を言いながら、自分の前に四つの茶碗を積み上げ、三日目には一日目の男が来たんだよね、という話に相槌を打つ。そして目線は、常務のかやくごはんの茶碗を凝視する。

「二日目の男の方が若かったなー。二股なんだろうか」

「それ」

私は、もはや癖になったように縦に首を振りながら、常務の茶碗を指差す。これ？　と言われたので、それです、と答える。

「召し上がらないんでしたらいただいてよろしいでしょうか？」

「いいよ」

「ありがとうございます」

私はその茶碗のかやくごはんも、三口で食べてしまう。とにかく、食べたいものができたことに興奮したのもあったのだけれども、常務の話から、耳を傾けたまま逃避したかったのかもしれない。久しぶりに腹がいっぱいになってくる感覚は、心地良いというよりは、なんだか不慣れで、これでいいんだろうかという感じだった。

帰りはきっちり、予定していたより一時間遅くなった。二次会の誘いを断り、私は二十二時半に地元の駅に到着した。しばらく前なら、こういう飲み会帰りの夜は、コンビニに寄ってからあげを買ったりしていたんだよなあ、と思い出しながらも、まったくからあげが欲しいという気分になれないことに、やはり自分は不調の中にあると自覚させられて悲しい気分になった。いろんな人からもらったかやくごはんはおいしかったけれども、とりあえずは食べられるということで調子に乗ってしまっただけであるようにも思う。

首を傾げながら自転車置き場へと歩いていると、ネットカフェののぼりの『ソフトクリーム食べ放題』という文字が目に入ってくる。でも私は、インターネットもやりたくないし、読みたいまんがも特にないんだよ、といつも知らんぷりを決め込んでいたのだが、その日は予定より帰りが遅くなったという落胆もあってか、ふらふらと店に入ってしまった。

　ネットカフェには生まれて初めて入った。インターネットは家でやればいいし、まんがだって買えばいいし、と思っていたのだが、ファミリーレストランのドリンクバーの二倍ぐらいは充実した飲み物類や、塩けが欲しい時にも対応してくれる粉末のスープなどは、五百円弱で過ごす場所を提供してくれるサービスのお供としては良心的なように思えた。

　驚いたのは、温かいコーンスープが機械から出てきたことである。私には、そのことがソフトクリームの機械が設置されているのと同じぐらいの想像以上のサービスだった。

　私は、ソフトクリームを慎重に器に出して、コーンスープをマグカップに入れ、オープン席のテーブルの上に置いた。そしておもむろに携帯で撮影した。頭も体も悪そうな感じがしたが、不幸せそうではなかった。

　ソフトクリームとコーンスープを食べ終わって、私は、まんがでも読もうかと棚の所に行き、かといって何を読んだらいいのかわからなかったので、学生時代に熱心に読んでいた『神聖モテモテ王国』新装版全六巻を手に席へと戻り、またソフトクリームを巻きに行った。店から出た時刻は、午前〇時を回っていた。

＊

【×月×日　インスタントのフォー】

いつも思うのだが、もっとも気心の知れたたぐいの人とは、そのへんのファーストフード店に適当に入ってもそこそこ楽しくやれるのに、それほど気を許していない相手とは、それなりに話題性があったり、ちゃんとしているある程度以上のものを食べないといけないような気がするというのは不思議だ。なぜか、一緒にいて楽しい相手こそ、食べるものも大事にしないと、ということにはならない。完全に打ち解けていない人とは、食べ物で人間関係の距離を埋めているのかもしれない。

その日は、数年前にフランス語会話教室で知り合った女性と、開店したてのチーズケーキの店の行列に並んでいた。前に会ったときは、ハワイアンパンケーキの店に一時間半並んだ。その前は、デニッシュドーナツの店に一時間、さらにその前は、デコレーションカップケーキの店に二時間並んだ。ハワイアンパンケーキとデニッシュドーナツの間に、オランダ風パンケーキの店に行っているのだが、その時は並ばなかったので、彼女はちょっと物足りない様子だった。

彼女と行列に並ぶと、店に入るまでの間何の話をするのかといつもはらはらするのだが、自分が聞き手に回っているとそこそこ話してくれるので、らくはらくだった。実は、気心の知れている人たちとは、お互いにこのことについて異様に気を遣って、すごく重い話になったり、唐突にしりとりをし出したりと微妙な様子になるので、もしかしたら、そういう認識の相違は悪いことではないのかもしれない。

やっと店に入って、メニューを眺めながら、目が滑る感覚を覚える。ここは字だけのメニューのところだったか、と水を飲む。ちょっとした店が、食事についてだいたい字だけで説明したがるのはわかる。でも私は写真を掲載して欲しいと思う。イラストでもいい。イメージの助けになるものをお願いしたい。文字のみの情報から、これから出てくる食事について予想するのは、実は多大な想像力の浪費なのではないか。そして判断力の。ちょっとした店は、ちょっとした店ならば、客にこんなにつらい思いをさせてはいけないのではないだろうか。

彼女が、これがネットでいちばんおいしいって聞きましたんで、というケーキに決めたというので、私は、同じものを、と言う。そういう人間じゃなかったのにな、と思い出し、自分にふがいない気持ちを抱く。

また彼女の話を聞きながら、私は、二日前の会社の飲み会の帰りに行ったネットカフェで食べたソフトクリームのことを思い出す。あれはおいしかった。食べ放題、というオプションが、より価値を高めていたように思う。もしかしたら、普通なら価値を貶《おとし》めるかもしれない〈食べ放題〉だが、私は「いくら食べても良いし、なんだったら食べなくても良い」というようなオープンさを感じて安心した。

　ケーキは少し残した。それなりにおいしかったようには思うのだけれど、食べているうちにだんだん味がなくなってくるような感じがしたからだった。彼女の話がつまらないということもべつになかった。おもしろくもなかったけれども。ただ私は、ケーキの値段と並んだ時間を秤《はかり》にかけながら、それほどのものだったんだろうか、とぼんやりながらシビアに考えていた。

　私は、ちょっと体調が悪い、と言って二軒目は行かずに帰った。別れ際に彼女は、食べないからしんどいんですよー、食べてくださいね、と言った。私はうなずきながら、食べる以前に選ぶのがしんどい、と気心の知れた相手になら言っていることを飲み込んだ。

　彼女との付き合いをやめたい、ということはなかったので、早めに帰ることについてはかなり丁重にあやまって、帰りの電車の中で、それがじゅうぶんだったかということばかり考えていた。けれども、そういえば、彼女は特にアナウンスもなく二十分遅刻したのだが、ごめんなさいね、の一言だけだったことを思い出して、ああでもやっぱり、そんなに気を遣わなくてもいいか、とも思った。人付き合いで嫌なのは、瑕疵がなくてなめらかな付き合いをしてくれる人への感謝はそれほど頭に上らなくて、何かをやらかす人のことほど頭の中に滞留していることだと思う。私だけなんだろうか。食べ放題のソフトクリームと、行列に並ばせるスイーツの関係にも似てやしないだろうか。引っ掛かりがないことと、あること。

　ソフトクリーム食べ放題ののぼりはその日にも見かけたが、もう甘いものは食べたくなかったので、コンビニに入ってレジの真ん前の棚に置いてあったインスタントのフォーを買って帰った。〈期間限定〉という表記が、もし気に入ってずっと食べたいと思ったらどうしてくれるんだ、責任は取れないということか、と若干不安だったのだが、味が薄そうでいいと思ったので買った。

　お湯を沸かしてフォーを作り、携帯で写真を撮ってから、よく考えたら、昼間食べたチーズケーキを撮れよという話だと思う。普通、インスタント麵を食べたことは隠して、行列に並んで食べたチーズケーキを記録するだろう。おそらく、いろいろ考えながら食べたケーキは、私の中では一食に入っていなくて、適当に買ったインスタントのフォーのほうが、自分には食事らしいということなのかもしれない。

　テレビをつけて、レコーダーの電源を入れ、録り貯めていたグラナダ版の『シャーロック・ホームズの冒険』を観る。話もおもしろいのだが、ジェレミー・ブレットの佇まいを眺めているだけでも間が持つ。フォーはおいしくもまずくもないが、とにかくお腹には入ってくれる。これは要するにベトナム料理のディナーショーじゃないか、と思うと、なんだか気分が良くなってきて、フォーを食べ終わった後に、練乳を入れたコーヒーを淹れた。自宅でコーヒーを淹れるのは、半年ぶりぐらいだった。『シャーロック・ホームズの冒険』は、その後二本観た。

*

【×月×日　コロッケ三つ＋きゅうりの一本漬け】

あんなにいばってる人は久しぶりに見た、と思いつつ、私はコロッケを食べながら商店街を歩いていた。このように食べたいものの判断に困っている私なのだが、ついに今週のあたまの夜の番組で、地元の有名な肉屋が作っているコロッケが取材されていて強く訴求され、やっと食べたいと思うものに巡り会えた、はずだったのだが、週末に勇んで行ってみて、コロッケを売っている女性があまりに横柄であることにがっかりして帰ってきた。

二個買うか三個買うか迷っていると、何個？　と女性は苛立ったように尋ねてきた。いや、お客は私一人だけで、誰かが後ろで待っているということはなかったのだが、とにかく女性の主観として、私の判断は「遅くてむかつく」ということになったのだろう。二個にします、と答えると、女性は、まさにその時に揚がったコロッケではなく、傍らに積み上がっていた、冷めていると思しきコロッケ二個をパックに入れて乱暴に輪ゴムを巻いた。私がおそるおそる、あの、できればそのあつあつのを欲しいんですけど、と希望を言うと、はあ？　持って帰るんでしょ？　食べ歩きじゃないんでしょ？　と叩きつけるように返答した。でもあの、熱いのをください、片方を食べ歩き用にするんで、と結果的にややこしい注文を言うと、女性はいなすように首を横に振りながら、無言で私に紙袋に入ったコロッケとパックに入ったコロッケを寄越してきた。私も、意地でもありがとうございますなどは言うまい、と心に決めたのだが、つい癖で会釈をしてしまったのがふがいなかった。

　歩きながら食べるコロッケは、おいしいのはおいしかった。けれども、あんな態度を取られてまで買うようなものでもないなあ、と思う。たった六十円のものであるといえども。こんなに気分がやられてしまう危険を冒してまで、はたして食べる価値のあるものだろうか。勝手な話だが、私は、この人だ、と思ったのに、顔は好みだけど性格がぜんぜん合わなかった、とでもいうような空しさと腹立たしさを感じ、そこから立ち直るためには、もっと心安らかにコロッケが買えるルートを見つけるべきだと思い立った。

手始めに、その場の最寄のスーパーに寄り、タイムセールにより半額の二十八円にまで下がっていた牛肉コロッケを二つ、セルフサービスでパックに取り、これだけでは何なので、近くに売っていたきゅうりの一本漬けもかごにいれた。

家に帰って、商店街で買ったコロッケとスーパーで買ったコロッケのパック、きゅうりの一本漬けを並べて携帯で撮影する。ひどい絵面だ。どちらかだけのほうがもしかしたらましかもしれないが、晩ごはんにしますということで並べると、飛躍的に駄目になる。

これまでのひどい食事の画像と併せて見直して、なぜか小さく満足したのち、コロッケを小皿にのせて温めなおすことにする。あの肉屋は頼りにならない、ということで、スーパーのコロッケを慎重に慎重に十秒ごとに温めてベストな時間を割り出し、衣のサクサク感を復活させるためにオーブントースターも使う。

緊張しながら口に運んでみると、べつにこのぐらいならな、という味だった。そりゃ商店街の肉屋のやつのほうがおいしかったけれども、何にも気を遣わないで、時には税抜き三十円を切ってこの味なら、別に悪くないだろうと思った。

おいしければいいってものでもない、という認識は、私にとっての食べることの複雑さを一歩助長したような感じがして、あまりいい気分でもなかったけれども、とりあえず、うちのレンジでのベストなコロッケ温め時間がわかっただけでも良しとしよう、と思いながら、「温めは６００Ｗで三十秒」というコメントを付けて、画像をアップロードした。

＊

【×月×日　ぶっかけうどん＋軟骨のからあげ】

朱牟田さんの名前を見かけたのは、美容院でのことだった。私は何年も通っている所だったのだが、彼女は初めて来たのだという。朱牟田さんの名前はあやめといって「菖蒲」と書く。朱牟田菖蒲。なんじゃそらって感じですよね、と言いながら朱牟田さんは、しげしげと自分の名刺を見返していた。

しゅむたあやめ、というなんだか日本人離れしているような、逆に日本人過ぎるような、そもそも人間離れしているような名前を、受付の来客リストの中で見つけて、もしやと思って、自分以外に一人だけいたお客さんに、人違いかもしれませんが、と話しかけてみると、的中だった。朱牟田さんは、田添さんに交替する前の担当者で、顔を見るのは初めてだった。物静かな喋り方や、仕事に関する気遣いが行き届いていることから、ごく普通の感じのいい女性だろう、と思っていたらその通りで、私はそれまで一度も会ったことがないのに、不思議な安堵感を覚えた。私が名乗ると、ああ、ああ、と朱牟田さんはうなずいて、本当に何年もお世話になりました、とお辞儀をした。確かに、朱牟田さんとは八年間仕事をした。長い時間だ。八年間。だいたい月初めの週に、二、三回のやりとり。

美容院の前で、あの時は本当に急がせて申し訳ないことをした、とか、それは別によかったから気にしないでほしい、とか、あの仕事は難しそうだったのに簡単で拍子抜けした、とか、その分こっちの社内ではけっこう大変だったのだ、とか、いろいろ立ち話しているうちに、とりあえずお茶にでも行こうということになった。

べつに気取った店に入るつもりはなかったのだけれども、近くにあったのがけっこういい紅茶屋で、長い長い注文のリストを見せられて、ダージリンかセイロンかキームンかだけでいい、もう、とついつい言ってしまうと、わかるわ、と朱牟田さんは呟いた。そして、もはや今日のおすすめの紅茶、っていうのだけを出してくれたら、それを受け入れるから、と付け加えた。朱牟田さんの仕事もまた、判断することなのだ。

つらつらと、何かを選ぶという判断をすることに倦《う》んでいる、という話をしてしまうと、晩ごはんとか特にですね、と朱牟田さんはおいしそうに水を飲んだ。

「六年前に離婚したんですけど」つまり私と仕事をし始めて二年が経過してから。微塵もそんなことは滲ませなかった。「晩ごはんを考えることから解放されて、らくになりました。でもほんと、ひどいものばっかり食べるようになったな」

朱牟田さんの口ぶりでは、〈離婚した〉と〈晩ごはんが面倒〉、では後者に比重がかかっている様子だった。紅茶とスコーンが来て、なんでこんな重い粉もん頼んじゃったんだ、と以前なら頭にも浮かばないことを考えながら、コアラとかうらやましいですよね、と言ってしまう。

「ユーカリしか食べられないらしいけど、逆に言うとユーカリだけ食べてればいいってことでしょう」

「何食べようとか思わずにすみますもんね」

朱牟田さんも、スコーンを縦半分に割ったきり、特に何もアクションを起こさない。だったらお茶だけにしたらよかったのだが、それはそれでせっかくいい店に来たのに寂しい、ということなのかもしれない。悲しい習い性だ。

「コアラと結婚したらよかった」

朱牟田さんが妙にしみじみそう言うのが面白かったので、ついつい、自分はつまらない食事ばかりをウェブにアップロードしている、という話をすると、見せてくださいよ、と朱牟田さんは言った。社交辞令だろうと思いながらアドレスを教えると、朱牟田さんはスマートフォンでさっそく私のページを開いて、ひどっ、と言いながら笑い始めた。

「クラッカーと水だけでやっていけるんですか？」

「次の日の朝まではしのげますよ」

それで、午前中はデスクの中に入ってる同じクラッカーとかを食べるんです、と続ける。

「でもこれ全粒粉のやつですよね。ちょっとだけ健康的」

「味気なくて好きなんですよ」

それからも朱牟田さんは、ひどいなー、ほんとひどい、と言いながら、私の食事の履歴を辿っていく。私はなんだか、けなされているのに、やってよかったという気分になってくる。

「私ね、ここまでじゃないけど、結構ひどいものを毎日食べてますよ」

そう言って朱牟田さんは私に、冷凍うどんを解凍して冷やし、めんつゆと大量のネギと揚げ玉を投入しただけのものを、この一ヵ月連続で食べていると打ち明けた。

「おいしそうじゃないですか」

「おいしいんですよこれが」

気が向いたら玉子も割って入れるらしい。所要時間は八分とのことだった。

お茶を飲み終わると、私たちはすぐに別れた。朱牟田さんは、今日の夜のネタ番組にバイきんぐが出るから、と言いながら、私と逆方向の電車に乗って帰って行った。

私は、スーパーに寄って冷凍うどんとカットネギと揚げ玉と玉子を手に入れ（めんつゆは家にあった）、閉店間際で三割引きになっていた軟骨のからあげも買った。実際に作ってみると、確かに八分ぐらいでできたと思う。うどんの入った器と、パックを開けただけの軟骨からあげを撮影してアップロードする。そして、迷惑だろうかと思いながら、さっそくうどんを作ってアップした旨を朱牟田さんに書き送る。

返事は二時間後に返ってきた。ネタ番組を楽しんでいたのだろう。楽しんでいてくれ、と思う。朱牟田さんは、やはりひどい、ということと、今日はおもしろかったです、どうもありがとうございました、とのことだった。二往復ほどやりとりしているうちに、じゃあ食事にでも、という話になった。私たちは食事がめんどうなのに、ちょっとおかしな話だ、と思ったけれども、それはそれで楽しみにできそうだった。

＊

【×月×日　出汁巻き玉子＋ご飯＋ほうれん草の味噌汁】

連休はずっと家で寝ていた。とか言いつつ、普通の人は海外ドラマの配信を観たり、近所の公園に散歩に行ったりぐらいはしそうなものだが、私の場合は本当にただ寝ていた。眠る、に加えて、寝転ぶ、という状態を「寝る」に入れるのであれば、二十三時間は寝ている状態だったと思う。食事はクラッカーと水しか摂らなかったのだが、何しろ寝ているので、そんなにおなかはすかなかった。

理由はある。落ち込んでいたのだ。台風で電車が止まり、旅行が駄目になった。久しぶりに旅館に泊まって、心ゆくまでぼんやりするつもりだったのに、自分はとても運が悪いと思った。ぼんやりなら自宅でもできるといえばそうかもしれないが、自宅は心を休めるにはあまりにも清新さのようなものに欠ける。散らかしているつもりはないし、空気も適宜入れ替えているつもりだが、どうしても滞留しているものが存在している。風水のことはよくわからないのだが、気の澱みみたいなものか。

判断しなくていいとなると、こういう強制的な頓挫に見舞われて、自分は運が悪いのかなあ、と二十三時間寝ながらときどき考えていた。寝過ぎたのか、少しぐったりして連休明けに出勤しながら、しばらく画像をアップロードしていなかった自分のページを閲覧して、でもクラッカーと水なら最初の方に送ってるしな、とあくびをした。まだ眠いか、どうなってるんだ私は。つくづく、最近になってレンジを使ったり、自炊のようなものを再開したり、まともになってきていたのにな、と残念に思う。

奥さんと、間食のお菓子のみをアップして自制を促し合っている課長は、連休中に妻とデザートバイキングに行ってしまった……、と自己嫌悪に陥っていた。いいじゃないですか、私なんか旅行が潰れて二十三時間寝てて食事はクラッカーと水だけですよ、と言うと、我々と君の摂取カロリーを足して二で割れないものかねえ、と上司はしょうもない夢想に耽《ふけ》りながらため息をついていた。

　二十三時間寝てクラッカーと水しか摂取していない生活をしていた者としては、酸辣春雨は刺激が強すぎるような気がしたので、昼休みには栄養の入っている袋のゼリーを買ってきて吸っていた。立って歩きながら吸うとどうだかはしらないけれども、少なくとも座って吸う分には情けない気分だった。いい年して食べるべきものも用意できないアホ、という感じがした。あまりにも頭が悪そうだったのか、それとも私を都合よく利用しようとしただけか、課長がのっそりとやってきて、これをあげる、となぜかラップにくるまれた白米のおにぎりをくれた。なんでくださるんですか？　と尋ねると、連休中に炭水化物を摂りすぎたから、と言う。そんなにデザートバイキングで食い散らかしてしまったのだろうか。奥さんの食後の菓子パンが一袋１０２６キロカロリーであったことを考えたら、そういうものばかりで構成されたバイキングに参加してどのぐらいエネルギーを稼いでしまったのかは推して知るべしである。

私は、まだおにぎりを食べる気にはなれず、背中を曲げてゼリーを吸っていた。外は小雨が降っていて、とても悲しい気分だった。ゼリーを吸い終わる頃合いで、あの、と背後から話しかけられた。振り向くと、以前の顧問の誕生日を祝う飲み会で斜め前に座った、隣の部署のパートの女性が立っていた。お弁当箱が入っていると思しき、まちのある巾着袋を持っていた。おそらくサンリオのキャラクターのどれかと思われる、妙にファンシーな袋だった。娘さんがいるというのを耳にしたことがある。

「台風で旅行が流れてしまわれたって聞いたんですけど」

私は、そうですそうです、とうなずきながら、よかったらどうぞ、と上司と私の間にある空席の椅子を示す。なんでこの会社はこんなに早く愚痴が伝わるのか。まだ連休が明けて出勤してから三時間しか経っていないというのに。

じゃあ、いいですか、と彼女は私が勧めた席に座る。彼女は、二十代前半の若い人ばかりしかいない隣の部署で、いまいち馴染んでいないという話を耳にしたことがある。いや、べつに仕事に適応してさえいたら、同僚に馴染んでいようといまいとかまわないと思うのだが、一人で食事をしたくないのにしている人であるならば、それは同情してもよいように感じる。

他愛もない話をした。どこに旅行に行くつもりだったのかとか、何を楽しみにしていたのかだとか。私は、自分の部屋にはもう飽き飽きなので、違うところでぼんやりしたかったのだ、と言って、旅館の朝食が楽しみだった、と答えた。

「朝ごはんなんて年に一回食べるか食べないかなんですけど、旅館のだけは頑張って食べます。出汁巻き玉子なんか食べるのはそういう日だけじゃないかな」

そうなんですか、とパートの彼女はうなずく。話をしながら、こっそり社内の人の一覧がある回覧を覗くと、笹本さんという苗字であることがわかった。

「食べたかったですか？　出汁巻き玉子」

「そうですね。作れないし」

「あの、よかったら差し上げます」

そう言って笹本さんは、お弁当箱のふたに出汁巻き玉子を二切れ置いて、私のデスクの方へと押した。面食らってぼうっとしていると、あ、お箸ないですよね、これ使ってください、と爪楊枝も渡してくれる。私は、デスクの上のラップに包まれたおにぎりと出汁巻き玉子を見比べながら、食べたいという気分が少しずつ湧き上がってくるのを感じる。

「出汁巻き玉子、そんなに難しくないですよ」

ていうか私はそれぐらいしかうまく作れないんですけど、と言いながら、笹本さんは、白だしと水を玉子に混ぜて、へらを使って作ればそれなりにうまくいく、ということを教えてくれる。私は、手元の出汁巻き玉子にもおにぎりにも手は付けていなかったけれども、メモを取ることにした。母親を早くに亡くした笹本さんは、結婚してから、ほとんどウェブの動画で料理を覚えたとのことで、参考にした動画のタイトルやキーワードも教えてくれた。

お弁当を食べ終わると、笹本さんはだらだらすることはなく、すぐに立ち上がって自分の席へと戻っていき、文庫本を読んでいた。やっぱり、馴染んでいなくてもいいという人なのかもしれない。お弁当箱のふたは、出汁巻き玉子を食べ終わったら返してください、と言われた。

おにぎりのラップを剝いて、今にもかぶりつこうと口を開けると、マカオでゴルフをしてきたという話を飲み会で私にしてきた常務がやけに貧弱な食事だね、と声をかけてきたので、ほっとけ、と思いつつ無言で会釈しながら、かまうとかまわないの中間ぐらいの態度でいると、これをあげよう、とカップの味噌汁を私のデスクに置いた。ほうれん草の味噌汁だった。

「今日は買い間違えたんだよ、豆腐のが良かったのに」

陳列が紛らわしいんだ、と常務は私もよく行くコンビニの悪口を言って、その場を去っていった。私はデスクに集まってきたおにぎりと出汁巻き玉子とほうれん草の味噌汁を一覧する。私が食べ損ねた朝食とは比べものにならないかもしれないが、ほんの少しだけ、旅館ぽい感じがした。昼休みの最後の十分を使って、私はそれらを平らげた。

　帰りはより雨が強くなっていたが、スーパーに寄って四角いフライパンや米や玉子やほうれん草を買って帰った。お米を洗って炊飯器で炊くのは、三ヵ月ぶりぐらいだったように思う。泣きそうに嬉しいとかという感情はなかったけれども、ただ、立ち直れそうなかすかな予感がした。ご飯が炊きあがる十五分前に、ほうれん草をゆでてあく抜きをし、小鍋でお湯を沸かして出汁と味噌を投入した。それから、出汁巻き玉子の作り方の動画を探し、卵液を作って慎重に焼き始めた。何回かに分けて薄く卵液を注いで焼き、それを巻くことで整形しているとは思いもよらなかった。

　ご飯が炊きあがったので茶碗によそい、テーブルに出汁巻き玉子と味噌汁と白いご飯を並べて写真に撮る。やはり、つまらない食事だと思う。でもそれでもよかった。私は、いただきます、と手を合わせて、窓の外の雨が更に激しくなるのを見遣った。

フェリシティの面接

フェリシティは遅刻をしたことがない。病気をしたこともないし、疲れたこともないし、心が動揺したこともないらしい。戦争中、私はフェリシティと死体置き場で働いていたのだが、その時も彼女は一度も遅刻はしなかったし、病欠もなかったし、疲れている様子さえ見かけたことがなかったし、動揺しているところも見せなかった。どんな戦争の悲惨さに直面した時にも。

その日は早朝から、町じゅうにひどい霧が立ち込めていて、私の職場の人間は、私も含めて全員遅刻した。バスやタクシーなどの陸上の交通機関はもちろん、地下鉄も、運転士や車掌が通勤できなかったのでダイヤが遅れていた。大なり小なり、ロンドンで何か行動を起こしていた人間のうちで、遅刻をしなかったのはフェリシティだけなのではないかと思う。私が面接を予定していた来客は、彼女以外全員遅れてやってきた。そのせいで、私はフェリシティを廊下で待たせることになってしまったのだが、何度も謝罪する私を、フェリシティは、まったく気にしないので、と言ってとりなし、椅子に座って持参したノートを開いて何やら思案し始めた。おそらく、フェリシティがライフワークにしている、書類管理システムについてのノートだろう。

それにしても、フェリシティは、1フィート先も見えないような濃霧の中を徒歩でやってきたというのに、少しも濡れていなかったのが不思議だった。まるで、今日は一度も乾燥した建物の中から出たことがないという佇まいなのだ。そのことを指摘するとフェリシティは、首の後ろは少し濡れたわよ、と涼しい顔で答えた。濃いめの化粧は、まったく崩れた様子がなかった。生まれた時からそうやって塗っていたんだという具合に。

「でも、ずっと歩いてやってきたんでしょう？」

「こんなひどい霧の日もいつか来るだろうと思って、良い雨具を購入したのよ」

確かにフェリシティは、足首まであるレインコートを着て、長い鍔《つば》に透明なヴェールのついた帽子をかぶって、私の職場にやってきた。雨具はどこにやったのかと訊くと、ボイラー室に干してあるのだという。いつの間に探し出したのか。

「それにしたって、徒歩でよく遅れずにここまでやって来れたわね」

面接の約束は六時半だった。フェリシティの定時は午後六時なのだが、勤務先はここから、霧の中を歩いて三十分という場所にはない。

「出勤した時にね、今日はますます霧が濃くなりそうだったから、この面接に間に合うために、雇い主に早退を申し出たのよ。どうせバスもタクシーも電車も動かないでしょうから、歩いて行くためにね。何にしろ、今は仕事がなくて暇だったから。こんなに霧が出ていると、早足では歩けないけれども、それでも四時四十七分に出ればちょうど六時に着きそうだと思ったので、その時刻に職場を出たわ」

それでフェリシティは、七十三分かけて、歩いて自分の職場からこの職業安定所にやってきた。

「わざわざ申し訳ないわね」

「いいのよ。退屈している時の雇い主の相手は骨が折れるし」

むっつり黙り込んでいることもあれば、過去の事件のファイルをフェリシティに要求し、細部についての再検討をしながら、彼女に意見を促すこともあるのだという。フェリシティは、今の秘書の仕事の中でも、雇い主に「何かについてどう思うか？」と尋ねられることがいちばんの苦痛だと話していた。それはそもそも私の仕事ではないし、だいいち、どう思う？　なんて言われたって仕方ないじゃないのよ、私が思ったことなんて、事実じゃなくてただの私の頭の中にあることなんだし、そんなことに価値があると思えて？　とフェリシティは言う。私にはどうだかわからないが、フェリシティが確信を持ってそう言うんなら、そうなんじゃないのという気がしてくる。

ときどき難題を押し付けてくる雇い主の元にフェリシティを紹介したのは、実は私である。死体置き場でしばらく一緒に働いた後、フェリシティは秘書養成学校に行き、私は職安に採用された。以前の雇い主のパーカー・パイン氏の元でも、フェリシティはおおむね満足して働いていたのだけれども、パイン氏の開業前の職業が、政府での統計の仕事だったという由来もあって、パイン氏自身が扱うケースの分類を手ずから行っていたことが、フェリシティには少し物足りなかったそうだ。とはいえ、パイン氏は悪い雇い主ではなかったので、フェリシティは数年パイン氏の元で働き、その後、ファイルの整理には疎いという、外国の元警察署長の秘書の仕事を私が紹介し、転職して、今に至る。

私は、自分が仕事を紹介した人物の経過を観察するために、年に一度面接を行う。フェリシティもその例に漏れず、必ず年に一回、私に仕事の話をしにやってくる。フェリシティの面接をする日は、どういうわけか毎回、大雨だとか嵐だとか風邪の流行だとか大規模な交通機関の故障だとかがあるのだが、フェリシティはその日の仕事を休んだりすることもなくきちんと終わらせて、絶対に遅刻せずにやってくる。彼女は、ありとあらゆる待ち合わせに遅れたことがないそうだ。

「あなたの雇い主が暇だというのは、申し訳ないけど良いこともあるわね」

「そうね。戦争でもない限り、そう簡単に不自然な死体は出てこないでしょう」

「でも、死体の出ない仕事もあるでしょう？」

「そりゃあるにはあるわよ。そういった事例の調査には、あまり気が進まないようだけれど」

「調べているうちに、出てきちゃうって言ってたわね」

死体といえば、先週、私のアパートの上の階で、人が殺されたのだった。私はずっとそのことが気がかりだったのだが、仕事中はそれについて考えることを控えていた。母親と娘の二人暮らしの部屋で、親子の外出中、合い鍵で部屋に入った娘のボーイフレンドが強盗と鉢合わせして刺されたというのだ。十二箇所も刺されていたと聞く。あまりに物騒な話なので、私は引っ越しを考え始めていて、仕事の時以外はそのことで頭がいっぱいだった。

しかし、ひとまずそのことは端に追いやって、私はフェリシティへの聞き取りを開始した。仕事に対して給与は正当か、休暇はとれているか、雇い主の態度に無理なところはないか、仕事に関するやりがいはあるか。フェリシティの答えは毎年、給与：正当である、休暇：自分が満足する程度にはとれている、雇い主：ときどき扱いにくいが基本的に自分の領分には抵触させないようにしているし、仕事そのものには敬意を払ってくれるので悪くはない、やりがい：雇い主が私にファイルを管理させてくれる限りはある、と決まっている。一字一句違わないと言ってもいいぐらいだ。フェリシティが今の雇い主の元で働き始めた一年目から、それは同じだ。

「書類管理システムの状況はどう？」

「まあまあね。今年は、過去の加害者と被害者の相関関係を、被害者の年齢・性別・財産状況の各項目からすぐに引き出せるシステムの構築に力を入れているわね」

「なるほど」

「出征者の家族はいろいろだけれども、犯罪の加害者と被害者は、よりパターン化されているわ」

「じゃあ、死体置き場での遺族との照合よりも簡単なのかしら？」

「まったく種類の違うものよ。あちらは番号で管理するものだけれども、今取り扱っている人たちは、番号を持っていませんからね」

　死体置き場でも、フェリシティはものすごく優秀で、死体にはこうこうこういう特徴があって、ということをすべて記憶していたし、どの土地から出征した誰それには何番が振り当てられているかという膨大な情報も把握していた。だからフェリシティは、家族からの行方不明者の問い合わせに対して、番号や名前だけでなく、出身地、外見的特徴などのさまざまな視点から、探されている者がすでに亡くなっているのか、それとも未だ行方不明なのかということをただちに言い当てることができた。

　フェリシティはまさに機械だった。私は、フェリシティが独自に作成していた名簿の筆記を手伝いながら、番号と名前だけしか情報のない戦死者に関して、この人はどんな家庭生活を送っていたのだろう、という感慨に沈むこともあったのだが、フェリシティはそういった話にはまったく応じようとはしなかった。ただ、外面的な事実だけを収集し、整理し、戦争に行った者の家族の声に応えようとしていた。彼女を冷たいと誹《そし》る人もいたけれども、私の考えでは、そうでもなかった。フェリシティは、浮わついた憶測や推論を自分に禁じ、ただ事実と、そこから引き出される結論を信頼しているのだった。そしてそれは実際、とても役に立った。家族たちを遺族にしてしまうことがほとんどだったが、時には、行方不明という答えを弾き出したのち、兵士が家族や他の者の手によって探し当てられることもあったのだ。

「あなたがやろうとしているのは、その番号のない物事を要素別に分類しようとしていることなわけ？」

「そうね、今年の仮採用の項目でうまくいったら、来年はもっと細部にまで行き届いたシステムを考えていきたいわね」

フェリシティならば、一人の被害者像から、様々な容疑者像を一瞬で割り出して、その中でも最も可能性の高いものを五分以内に引き当てることができるようなシステムを作り出すはずである。

口頭の面接の後には、実務能力の測定があるのだが、その前に紅茶を淹れると、フェリシティは、そうだわ、仕事中にハーブティーしか飲めないことが不満といえば不満だわ、と顔をしかめ、私の手元にあるフェリシティに関する書類に申し訳なさそうな視線を送った。

「雇い主は紅茶が嫌いなのね。だから私も飲まないの。私は飲みたい時もあるわよ」

「あらまあ。雇い主さん、それはこちらでは不自由かもしれないわね」

私はすかさず、雇い主の項目に「紅茶を嫌うため、勤務中はハーブティーのみ」と書き加える。私は、ハーブティーは嫌いではないが、それしか飲めないとなるとつらいかもしれない、と思う。

おいしかったわ、どうもありがとう、と礼を述べるフェリシティからティーカップを受け取ると、私はその前にタイプライターと例文集を置いて、いよいよ実技測定に入ってもらうことにする。例文は、数字とアルファベットが複雑に入り交じり、まったく意味を成さない難解なものだ。正直言って、フェリシティがタイプライターの実技をテストされるということ以上に、私自身が採点をすることのほうにストレスが掛かりそうな代物だった。

それでは十五分間、その例文と同じ文面を打てるだけ打ってください、と私は懐中時計をデスクの上に置いて、秒針が「12」を差すと同時に、スタート、と声を掛けた。バッグから出したメガネを掛けたフェリシティは、まったく顔色も変えずにタイプライターに指を置いて、速射砲のようなスピードでキーを打ち始めた。

私は、懐中時計を眺めながら、フェリシティがタイプする小刻みな鋭い音に耳を傾ける。フェリシティのタイプ音は、あまりに速く規則正しく、その大きさのわりに、ほとんど眠ってしまいそうな心地好さをも覚える。しかし、うとうとしかけたところで、改行レバーを操作する音が変化をつけるので、ちゃんと目が覚める。うまくできている。当のフェリシティは、眠気も覚醒もない、ひいてはリラックスも緊張も感じさせない、完全な素面でタイプライターを打っている。面倒な文面にも、ほとんど何のストレスも覚えないようだ。

時計を見ている以外やることのない私は、引っ越し先についてフェリシティに相談しようかどうか考え始める。フェリシティは、シンガポールから帰ってきた姉さんのために、値段が手ごろで、とてもすてきな、こぢんまりした（普通の人間にはとても探し出せないような好条件の）アパートを探してあげたことがあるのだ。だから私が頼めば、同じような感じの部屋を探してくれるだろうと思われる。私は身軽な一人暮らしだし、上の階で強盗があって、人死にが出たというような状況で、今の住まいにこだわることもないだろう。いや、私の小さな部屋もけっこうすてきで、そのわりに高い家賃ではなかったけれど。

強盗殺人事件の次の日、職場から帰るなり私は、建物の前で待ち構えていた若い刑事に呼び止められて、聞き込みをされた。上の階の部屋に住んでいる娘のボーイフレンドが、強盗とやりあっている時間、あなたは家にいたのかと。犯行があったのは、私が定時で仕事を終えて自宅に帰り着いたぐらいの時刻だとされていた。私は一応、はい、と答えた。すると刑事は、何か物音を聞いたか？　と質問してきた。私は、いいえ、と答えた。まったく何も？　と問い詰められたので、そりゃ他の住人の普段の生活音ぐらいは聞いたかもしれませんが、際立った物音は記憶にありません、と私は言った。刑事は、腑に落ちない顔をして、おかしいな、と呟いた。でも、犯行時刻は私が帰宅しているかどうかぎりぎりの時間だという話なので、どうだかわからないですよ、と私は念を押した。刑事は、それには何も答えずに首を捻っていた。

　建物に入ると、私と同い年ぐらいに見える派手な管理人の女性が、昨日の事件ですけれど、私は確かに裏口から走り出て行く大男を見ましたのよ、と話し掛けてきた。私は、それは怖いですね、お互いに気をつけましょう、と無難なことを言って部屋に戻った。鍵をかけて、手を洗い、洗顔をして、椅子に座って一息つくと、急にその部屋にいることが怖くなった。でも上の階の親子はもっと怖いだろう、とも想像した。

　事件が起こった真上の部屋の母娘の暮らし向きは、一見地味なものの、実はとてもお金持ちなのだと聞いたことがある。インド帰りで、一家の主である母親の夫が、一代で財を成した人だったのだが、こちらに帰国する直前に火事で亡くなったのだという。その火事では、本国から雇った二人の姉妹のメイドも亡くなったそうだ。母親と娘は、外出していて無事だった。母親は夫を、娘は父を火事で亡くし、更に娘のボーイフレンドまで殺されてしまうとは、なんという不幸な母娘か。

宝石や現金のたぐいは根こそぎなくなっていたので、犯行は、金目の物目当ての強盗であるという見方が大勢を占めていた。私は、お金になるようなものはほとんど持っていないけれども、押し入る側には詳しいことがわからないだろうからこそ、怖くなった。

家に帰るのが憂鬱だった。このままフェリシティが、永遠に私の前でタイプをし続けてくれたらいいのに、と思い始めた矢先に、無情にも十五分が過ぎた。

「はいやめて」

私が言うと、フェリシティはぴたりと手を止める。例文集の開いているページ数を見ると、フェリシティは去年より更に、一分間につき二十字記録を更新していることがわかった。私とフェリシティは同い年で、まあだいたいいい年なのだけれども、この期に及んで更なる成長を続けるフェリシティに、私は畏敬の念を抱いた。

「去年より体が軽いわ」

「それはおめでとう」

私はそう言いながら、例文集を自分のデスクに引き上げ、フェリシティからタイプした紙を受け取る。いつもなら、私がその場で答え合わせをするのだが、今日はどうも頭の中がどんよりとして、意味を成さない文と文を照合する気力が湧かなかった。

「後日、電話で結果を知らせるということでいいかしら？」

重い口を開くと、フェリシティはメガネを外しながら、少し驚いたように眉を上げた。

「いいけれども、初めてのことね」

「実は気がかりなことがあって、なんだか頭が働かなくてね」私は、例文集を開き、その横にフェリシティがタイプした紙を置いて、申し訳程度に見比べる。おそらく、なんにしろ、ミスはないはずだ。フェリシティはミスタイプをしない。めったにしない、などというレベルではなく、しない。「少し話を聞いてくれる？」

「聞くわよ」

こちらの様子を察して、話を聞いてあげる、と先には言わないフェリシティだが、話を聞いて、と頼むと、それも断らない人だ。

「実は、引っ越しをしようと思っているのよ」

「そうなの」

「最近、物騒なことがあってね」

私は、上の階で起こった事件について話し始めた。込み入ったことなので、できるだけ簡潔に話そうと思ったのだけれども、どうしても話が前後したり、登場する人々について、長々と見解を述べて大筋から脱線したりということは免れられなかったにもかかわらず、フェリシティは、口一つ挟まないで、ただじっと座って、まばたきと呼吸だけをして、私の話に耳を傾けてくれた。

「私は本当に、特に何も聞かなかったのよ。娘さんとお付き合いをしているぐらいの若い男の人が大男に襲われでもしたら、何か大きな物音がしてもおかしくないでしょう？　というかそもそも私は、上の娘さんのボーイフレンドなんていう人物も見かけたことがないし。フロアが違えば当然かもしれないけれども。それに私の部屋の洗面所の窓は、建物の裏側を見渡せるようになっているのに、うちに帰って顔を洗っている時に、変な男が出てくるところなんて見なかったのよ」

犯罪を犯した人が、現場から走り出ていく時間なんてほんの一瞬だろうけれど、とにかく私は気配を感じなかった。

頭にあることをほとんど話し終わった、というところで、フェリシティはやっと口を挟んだ。

「上の階の親子は、その事件の時も外出していたの？」

「そうみたいね」

「インドの家の火事の時と同じように？」

「そう言うと、つらい命拾いばかりしている感じがするわね。かわいそうに」

「他に、何か変わったことは？」

事件以来のことでもいいわよ、とフェリシティが言うので、私は腕を組んで、この一週間ぐらいのことを思い出す。

「管理人の若い夫が帰ってきたわ」

「そう」

「借金取りに追われているんで、しばらく他人のふりをして身を隠させていたらしいんだけれども、完済したそうよ」

「なるほどね」

フェリシティはうなずき、もう一杯、紅茶をいただいていいかしら？　と言った。私は、ああごめんなさい、気が付かなくて、と少しさめた紅茶をカップに注いでフェリシティに渡す。フェリシティは目をつむって、かすかに頬を緩ませて紅茶を口に含み、テーブルの上にカップとソーサーを戻す。

「仮説は嫌いなのよ」

「ええ」

脈絡があるのかないのかといった様子のフェリシティの言葉に、私はうなずく。

「私は詮索もしたくないし、他人に起こったことをこうだと決め付けるのも好きじゃないけれども」

「知ってるわ」

「上の階の親子は、たぶんインドで亡くなったということになっているメイドの姉妹でしょうね。本物の母親と娘は、すでにインドでの火事で亡くなってしまっていて、殺された男は、その姉妹の関係者、たとえば兄だとか弟だとか、それこそ元のボーイフレンドのはず。もしくは母親の夫の親戚。インドでの火事が失火か放火かはわからないけれども、姉妹はそれに乗じて身分と財産を乗っ取ったのよ」

私は深く息を吸って吐き出し、自分のために紅茶を淹れる。手が冷たかった。

「そもそも大男なんていないのよ。殺されたのがどんな体格の男かはわからないけれども、さっさと逃げないといけないのに、ましてや大男が十二回も刺すかしら？　でも、女性ならそうするかもしれない。管理人は賄賂をもらったんでしょうね」フェリシティは、自分の推測と、自分が推測をしている今の状態を嫌悪するように、軽く眉をひそめて目を伏せる。「でも、これから危害を加えられるようなこともあるかもしれない。偽の証言をするように依頼してきた人間に」

　あなたも、あまりに変だ変だと言い張りすぎると危ないから、外出していたという親子のアリバイが崩れるまで、しばらくうちにいらっしゃい、とフェリシティは続けた。私はぞっとしながら、よろしく、とうなずく。

「私の雇い主が出てくるほどの難しい事件じゃないと思うけれども、一応報告しておくわね。そのほうが警察への話も早いでしょうし」

　フェリシティは、バッグから手帳を出して、何やら速記で書き付け始める。五秒に一度、ページがめくられる。私は、彼女の手がいったん止まるのを待って、口を開く。

「私の話から、どうしてそれだけのことがわかったの？　探偵のところで働いていたら、そのぐらいの想像力は身に付くものなのかしら？」

　想像力という、フェリシティからかけ離れた言葉を、私は疑問に思いながら恐る恐る口にする。

「私は何も想像なんかしてませんよ」フェリシティは案の定、不服そうに軽く首を傾げる。「ただのパターンだもの」

　私は、もう少し事件についての話を続けたかったけれども、フェリシティが、もうたくさんという様子で手帳をバッグにしまったので、引っ越しについて話を始めた。何にしろ、今のところにはもう住みたくはないから、すてきでこぢんまりしたお手ごろな部屋を探してはくれないか、と。フェリシティは、もちろんいいわよ、と事も無げにうなずいた。ほとんど、名前を呼ばれて会釈するのと同じような軽い身振りで。

　そして私とフェリシティは、連れ立って職安のある建物を出た。フェリシティの雨具は新品のように乾き切っていて、霧はすっかりなくなっていた。フェリシティは事件の話をしたくなさそうだったけれども、私にはやっぱり感嘆するところがあって、パターンをすぐに摑めるのは、あなたの書類管理システムの賜物なのかしらね、特許が取れるといいわね、とフェリシティが好む話題に絡めて言った。フェリシティは、紙とキャビネットと手で管理するシステムもいいけれども、最終的には一台の機械でできるようになるのが好ましい、とのことだった。

「私がもっと機械の工作がうまければいいのに、と思うわ」

「あなたでも、こうだったらいいのに、なんて考えることがあるなんてね」

「そりゃあるわよ」

「特許が取れた暁には、自分の名前を付けるのよね。姓のほうを取ってレモン・システムにするの？　それとも、『フェリシティ』って商品名みたいにするの？」

フェリシティは首を振って、姓と名前のどっちを取るかについては考え中、と答えた。

「一台の機械で管理できるようになったら、それにレモン・コンピュータっていう名前を付けて商品化したらいいんじゃないの」

「語呂が悪いわ」フェリシティは、肩をちょっと上げて首を振った。「同じ果物でも、もっといいのがあるかもね」

メダカと猫と密室

小西係長からの電話を受けながら、すみません、突然気力がなくなったんで横井さんに替わっていいですか？　と言って私に受話器を寄越し、安田さんはその場からいなくなった。安田さんどうしたの？　体調悪いわけ？　という小西係長の疑問に、さあ、と答えつつ、内心で「突然気力がなくなった」って不穏すぎるだろう、と思いながら、私はメモ用紙を引き寄せて応対を始めた。安田さんの「突然気力がなくなった」という発言の衝撃で、メモの字は大きく歪んでいたし、小西係長の言うことも耳に膜がかかったようにもやもやとしか聞こえなかったが、私はなんとか五度目の仕様変更についての途中経過を聞き取った。

「えーっと、これからマイクロバスで市内に帰って会食をするんで、その間に先方に最終的な仕様について聞き出すから、すべてが判明するのはまあ二十時ぐらいかな」

私は、フロアの時計に鋭い視線を送って現在が午後四時十五分であることを把握しながら、おまえ、最終的にって二時間前にも言ってたって安田さんから聞いたぞ、という悪態を飲み込む。

「それでも明日の昼いちには資料揃えてないといけないんですよね？」

「そうだね。まあ俺が先方の自宅に届けることになる」

小西係長は、それがいかにも大変だというような、自嘲するような笑いを含ませた口調で答える。確かに、これは気力がなくなっていっているという状態を自分の心身にも感じる。

「なんで先方さんは仕様についての考えを詰めてない段階でキャンプ行っちゃったんでしょうか？」

「え、昨日向こうがこれじゃキャンプ行けないなー土曜なのに仕事だーって悲しんでたから、じゃあ俺がついて行きますんで、キャンプ楽しみながら思いついたことを言ってくださったらそれを社内にバックするんでどうぞ、って勧めたんだよ」

　小西係長の話しぶりには、得意先思いでいいやつだろう、いいやつすぎか自分、とでも思っているのかというちょっとした韜晦《とうかい》が漂っている。てめえうるせえ黙れ！　と私は怒鳴りつけたくなる。

「それで、キャンプ中に聞き出せたんでしょうか？」

「いや、だから聞いたことを安田さんに少しずつ伝えてたんだけど、先方もちょっとずつ考えを変えてくからさ」

「決定事項を今日キャンプしながら詰めて、私たちは明日の日曜に出社して作業しても良かったんじゃないんですか？」

「なんだよ。明日の午後いちに耳揃えて相手に成果品渡さないといけないんだぞ。もし明日の午前中だけしか時間がなくてきみらの作業が間に合わなかったら会社が恥かくだろ」

小西係長は突然不機嫌で高圧的な声を出す。私は反射的な畏《おそ》れと不快感でガチャンと受話器を置いて逃げ出したくなるけれども、なんとか持ちこたえる。

とにかくさあ、八時までにいろいろわかるから、それまで適当に待ってて、なんだったらその時間まで安田さんと飯にでも行けば？　と一方的に言って、小西係長は電話を切った。私は強ばる手で受話器を置いて、とりあえず歯を食いしばり、床を強く踏みならした。家なら悪態をついてスチールのデスクを蹴りつけていたと思う。でもここは会社だ。

「え、小西なんて言ってきたの？　キャンプ先から？」

「今から市内に帰って二十時までに話を詰めるそうです」

「けっこうかかるなあ……」

私と安田さんを監督するという名目で出社している工事責任者の中村課長が、電話の間に買い出しから戻ってきていた。安田さんは？　とたずねられて、ちょっと席を外してます、と私は中村課長に答える。「突然気力がなくなった」を、一応中村課長には聞かれなくてよかったと思う。

今こじれているこの仕事は、営業が小西係長、工事担当が中村課長、成果品である資料作成が安田さんで、私は安田さんのサブという立場だった。安田さんはだいたいなんでも一人でできて、後輩の私に頼るまでもないのだが、今回の仕事はかなり内容が厚く、時間もあまりないため、私が駆り出されている。

昨日の退社直前に小西係長から内線がかかってきて、あさっての昼いちで先方に報告書が必要だから、明日の午後から出社してくれ、と告げられた。その報告書というのは、それまでに四度、仕様と内容が変更になっていて、そのたびに安田さんが編集しなおして小西係長に渡している。安田さんははじめ、じゃあ一人で出社しますと言っていたのだが、内容については工事責任者の中村課長にしかわからないことがあるし、安田さん一人で作業をして間に合わなかったら困るから、横井さんにも来てもらって、ということになった。

先方が所望しているという仕様と内容の変更について、昨日か、もしくは今日の早くにでも判明していたら、今頃安田さんも中村課長も私も帰宅できていたかもしれない。けれども、小西係長が先方とのレジャー先から何度かかけてきた電話で判明したのは〈××時頃には詳細がわかる〉という、情報以前の予告のようなものだけだった。もともとケチのついていた仕事で、先方の気まぐれに何度も振り回されていた安田さんが、ここへ来て「突然気力がなくなっ」てしまったのも理解できると思う。

「安田さん、なかなか戻ってこないね」

いいんだけど、きみらにもプリン買ってきたんだよ、それを伝えないと、と中村課長は言いながら、おそらくソリティアをしている手付きでマウスを動かす。中村課長は、休日出勤をしている私たちに気を遣ってプリンを買ってきてくれるぐらいなので、いい人はいい人なのだが、家庭がうまくいっていないせいで休日出勤を簡単に引き受ける人だったりして、それはそれで問題がある。

「まあ、小西さん自身が『飯でも行ってきたら』って言ってたし、最悪夜の八時にでも姿を現してくれたらそれでいいと思いますよ」

「それはそうなんだけれども」

もう私もソリティアをしようかな、と思いながら、これから四時間弱の暇潰しについて考える。中村課長はおそらく、一時間後にマインスイーパをやり始め、それからその一時間後にソリティアに戻ると思う。それで何の苦痛も時間の浪費も感じないという人だった。

先のことを考えるのが面倒になって、私はとりあえずエレベーターに乗って七階の資料室に向かうことにする。二か月前から社内でこっそり飼っているメダカにエサをやりに行くのだ。

メダカを見つけたのは、駅から会社に歩いてくるまでにある花屋の店先でのことだった。華やかな切り花というよりは、仏花とでかい観葉植物の鉢植えが目立つ店なのだが、ある日突然、軒下に事務机を置いて、メダカを一匹三百円で売るようになった。こう書くとなんだか高い気がするのだが、メダカの住処である果実酒を漬ける時に使うような広口で大きめの容器と藻が数本、水を浄化するというゼオライトもついている上での三百円なので、突然手に入るパッケージとしてはむしろ安いと思う。私はこの花屋の前を、昼休みにお弁当を買いに行く際に毎日毎日通るのだけど、あるつらい日、思わずメダカを買ってしまった。そしてまたべつのつらい日、またメダカを購入し、さらにその後のつらい日、私は三匹目のメダカを購入した。そして昨日も買ったので、合計四匹のメダカを会社の中で飼っているということになる。今はべつべつの容器に入ったまま、資料室の奥の方の弱い陽当たりのある書棚に並べて置いているのだが、いつかまたつらい日が来たら、少し大きな容れ物を買ってきて四匹のメダカを同居させることが今の私の夢だ。

先輩の安田さんも、私の仕事上の大きな支えではあるけれども、メダカの世話も気晴らしになる。動く生物を眺めるのはやっぱりいい。私は、社内で何かいやなことがあるとメダカを見に行くようになった。

今日も実は二回見に行っている。資料室を利用するのは、だいたい安田さんと私だけで、それも週に一度あるかないかだし、メダカがいる棚の資料は二十年以上前の物がほとんどで、現在参照することはめったにないため、メダカが他の社員に見つかる可能性はかなり低いと私は思っている。エサは一日に一度あげにいく。職場での数少ない楽しみな時間だ。

七階で降りて、誰も窓を開けないため空気の澱んだ廊下を少し歩き資料室へと向かう。四匹のメダカのそれぞれの姿を思い浮かべながら、ドアレバーに手をかけてうきうきとドアを開けようとする。しかし開かない。

え？　なんで？　と言いながら私はレバーを下に動かそうとする。しかし動かない。今まで資料室の扉が開かなかったことなどないので、なんでだ、中で何かが崩れてドアをふさいでいるのか、でもそうだとしてもレバーは回るよな、としつこくドアを開けようと試みるのだが、やはりレバーは回らなかった。

中から、ごめん、という声が聞こえてきて、私ははっとした。安田さんの、「突然気力がなくなった」という言葉を思い出した。気力がなくなった安田さんは、外に買い物に出たのでもなく、コーヒーを飲みに行っているのでもなく、資料室にいたのだ。

「ごめん、横井さんだよね？」

鉄のドアの向こうから、少しこもった声が聞こえるので、はい、はい、と私は返事をする。

「安田ですけど」

「はい。横井です」

姿を見せないため、安田さんは一応名乗ってくれたのだと思うのだが、改めて名字を言い合うのはかなり間抜けだった。

「小西さん、なんて？」

「さっきの電話では、今から市内に帰って会食しながら仕様変更について聞き出すから、二十時にはいろいろわかるって言ってました」

「勝手な人だなあ」

「そう思います」

「得意先の人もさ、なんか自動販売機みたいに、ボタンを押したら資料が出てくると思ってるよね」安田さんは、あまり饒舌なタイプではないのだが、その時は声だけでやりとりをしているせいか、それなりによくしゃべってくれたと思う。「それも、細かい指示が出せる紙のカップで飲むやつね」

「アメリカン、砂糖増量、ミルク抜き、みたいなやつですか」

「そうそう」

「小西さんもそれを助長して点数を稼いでるんだけど」

話しながら、安田さんは自分の中で今進行している理不尽な物事のイメージを固めているようだった。私は、うなずいているところが見えない分、そうですよね、と少し大きな声で同意する。

自動販売機扱いをされている、と気付いた先輩と鉄の扉越しに話しながら、私はなんとも物悲しい気分になっていたのだが、自分がなぜ資料室に来たのかということを思い出して、物悲しいというよりは少し胃が痛くなり始める。

メダカのことは、さすがに安田さんにも言っていない。もちろん安田さんは、メダカにケチをつけるような人ではないのだが、容器を四つに増やしていることは言いにくいし、私が席を外す理由が「トイレ」以外に「メダカ」があることが知れるのはちょっと気まずかった。かといって、デスクで飼うことをとやかく言いそうな社員もいるし、今回無理を言ってきている小西係長がその筆頭であることにはすごく腹が立った。

「何時ぐらいまでそちらにいますか？」

「ちょっといつになるかわからないけど、二十時までにはもちろん戻る」

本当は、二十時までなら好きなだけいてくれていいと思うのだが、メダカのことを考えるとやはり気が気ではないので急かすようなことを言ってしまう自分がいやだった。

「中村課長がプリン買ってきてくれました」

「そうか。ありがたいね。後で私も言うけどお礼言っといて」

これはしばらく出てこないだろうな、と私は直感しつつ、「安田さんはべつに資料室の中にいてもいい」と「でもメダカは見つかりたくない」が自分の中で変な競争を始めることを重荷に感じ始める。もうこのさい自分からメダカがいることを打ち明けた方がいいのかもしれないとも考える。

「あとさ、悪いんだけど、メダカにエサやっていい？」

「いいですよ……」

やはりばれていた。

「容れ物が四つあるんだけど、それぞれにどのぐらい入れる？」

「一匹あたり、指先にほんのちょっとだけぐらいエサをとって、容器の中にぱらぱら入れてもらえたらいいです」

「わかった」

メダカかわいいね、見ちゃうね、という安田さんの声が遠ざかっていくのを聞きながら、私は肩を落として溜め息をついた。

話していても安田さんはしばらく出てきそうになかったし、メダカのこともすぐにばれたので、いったんデスクに戻ることにした。エレベーターからフロアに出ると同時に、中村課長がモニターから顔を上げて、安田さんは？　とたずねてきたのだが、私は、安田さんが自分たちを自動販売機にたとえたことを思い出して、しばらくは休んでもらった方がいいと考え、あいまいに首を横に振りながら、どうですかねえ、と言った。

「なんだ、探しに行ったんじゃなかったのか」

「二十時までにはまだ時間があるし、そのうち戻ってこられるんじゃないでしょうか」

「それもそうなんだけどなあ」

中村課長は、マインスイーパのどこの床を開けるか迷っている、という顔つきで、頬杖をつきながら、えいやっ、と声に出してクリックする。爆弾は出なかったようで、おお、と中村課長は安堵する。

「社内にはいるんだろうか」

「いると思いますよ」なんで知っているのか疑われるのが面倒だったので、私は少しの間理由を考えて口にする。「社内の Wi-Fi につながってる機器を調べるアプリで確認したんですけど、安田さんの携帯は表示されてましたから」

「そんなアプリあるんだ？　うかつに外に買い出しにも行けないな」

そう言いながら、中村課長はあからさまに顔を歪める。爆弾が出たのだろう。そして手元のペットボトルの緑茶を飲んだ後、急に、探しにいこう、と立ち上がった。

「え、なんで？」

「なんでって、気になるだろう。そりゃ」

そう言いながら中村課長は、緑茶のペットボトルを手にエレベーターのボタンを押す。私も、じゃあ行きます、と慌てて立ち上がってエレベーターの前に行く。

どうして中村課長に安田さんを見つけてほしくないのか、はっきりとは説明できなかったけれども、メダカのことを話されては困るというのがぼんやりと頭にはあった。いや、安田さんは、後輩が隠れて飼っているメダカのことを密告するような人ではないのは頭ではわかる。そういう人だから私は尊敬もしている。ただ今の安田さんは通常の状態ではない。「突然気力がなくなった」上に、自分のことを自動販売機みたいだと思うところまで落胆している。だから中村課長にメダカのことをばらしてしまう、というのも飛躍していたけれども、可能性はゼロではないので、自分はこの事態をモニタリングする必要がある、と私は判断した。

「え、なんでついてくるの？」

「なんでって、気になりますよそれは」

私が答えると、中村課長は、そりゃそうか、と簡単に納得して、一階から七階までの全部の扉を開けたら安田さんはそのうち見つかるかな、とのんきなことを言う。私は、そうかもしれないですね、と同意しながら、中村課長が安田さんを見つけてしまった時に、どのようにすでに一度安田さんを見つけていることをごまかすか考え始める。

どうせドアで隔てられているし、そもそも中村課長といるということを明かさない方がいいのかもしれない。メダカの話になりそうな時にだけうまく話を逸らせばいいか、と考えながら、私は、安田さんやーい、と言いながら、社内のめぼしいドアを開けまくる中村課長の後ろをついて回った。

中村課長が社内のドアというドアを開けて閉め始めてから三十分後、ようやく私は、自分が中村課長の暇潰しにつきあっているのだなということを理解した。要は中村課長は安田さんが見つかっても見つからなくてもいいのだ。社内をうろうろして、ドアを開けて、安田さんやーい、と言って、私を振り返って、見つからないねえ、と言っていたらそれで満足なのだ。暇潰しなのだ、これは。

私も確かに暇だったので、結局、どうなんでしょうねえ、などと適当に言いながら、中村課長について回るだけだった。もう、驚くほどの時間の無駄なので、数分ごとに「何をしてるんだ」という自己嫌悪が頭をもたげるのだが、二十時まで三時間もの時間が有り余っている以上、こうでもして過ごすより他はなさそうだった。つくづく小西係長を憎むのだが、メダカについてのリークが気になる以上、安田さんをおいて外に出ることが叶わないのは自分のせいでもあったので、資料室よりももっとわかりにくいところでメダカを飼う判断をすれば良かった、という自省もあった。

　中村課長は、丁寧に社内のドアの一つ一つを開けながら一階一階上へと上がり、探索を始めて一時間後にはついに七階へとたどりついた。それだけ時間が経っていたら安田さんの気分も変わっているかもしれないな、と一応思ったのだが、トイレぐらいには出ているかも知れないけれども、やっぱり基本的には資料室の中にいるような気がした。安田さんは、一度決めたことに対して、反証があればもちろん柔軟に対応するけれども、ない場合は自分の意志を貫き通す人だ。

　中村課長は、安田さんやーい、と言いながら資料室のドアレバーを握って下に下ろそうとしたのだが、私の時と同じように動かなかった。

「え、なんで？　なんで鍵がかかってるの？」

　もはや「安田さんやーい」を何かのかけ声ぐらいにしか思わなくなっていた中村課長は、その安田さんが中から鍵をかけているということには考えが及ばない様子で、がちゃがちゃとレバーを下ろそうと手を動かす。しかし動かない。

「あーだめだこりゃ密室だ」

「すみません。今は開けられません」

すぐに中から安田さんの声が聞こえた。私は、中村課長を止められなかったことを申し訳なく思いつつ、安田さんなら特に遺恨を残さずしばらく資料室の中にいることを説明できるだろうとも思った。

「籠城かね？」

「籠城ではないです」

二十時にはもちろん出ます、と安田さんは明快に答える。中村課長は、あ、だったらいいんだけど、と、ならなんでこんなに探したんだと一度は訊きたくなる淡泊さで引き下がってしまう。

「それでお願いがあるんですけど」

中村課長が、じゃあ帰ろうかという様子でエレベーターの方を見遣ると、中から安田さんの声が聞こえる。

「何かね？」

「なんかください」

安田さんにしては雑な物言いは本人の消耗を感じさせて、私は改めて心配がこみあげてくるのを感じた。なんかって。いや欲しいものは飲み物とか甘いものとかちゃんと言う人だと思うんだけれども。

「プリンあるよ。取ってくるよ」

「よろしくお願いします」

私の心配をよそに、安田さんと中村課長の間の話は簡単について、中村課長は資料室のドアの前を離れてエレベーターへと向かう。

フロアに戻ると、私は、すぐに冷蔵庫を開けてプリンを出して七階に上がろうとする中村課長を、お茶を淹れるんで待ってください、と制止する。中村課長は、それはいい考えだね、と取って付けたような理解を示し、いったん冷蔵庫にプリンを戻す。いい人ではあると思う。

紅茶を淹れることにする。パソコンのタイマーをかけて、五分間待っている間、私はふと思い出してデスクの引き出しを開ける。少しの手持ち無沙汰の間、自分が中村課長のことはあまり書いていないということを確認するために、個人的に作成している悪口ノートを参照したくなったのだった。

しかしすぐに、全身の血液がすべて床に吸い込まれるように、体が冷たくなった。鍵付きの引き出しの中に、いつも入っているはずの悪口ノートがなかった。フライングタイガーコペンハーゲンで買った、ハードカバーの意外と立派なやつだ。

　そういえば昨日、新しく連れてきたメダカを置きに資料室に行った時に、にやにやしながら窓際で読み直していた記憶がある。自分の悪口がおもしろくて。その後メダカを眺めて良い気分になった後、あろうことか私は悪口ノートを置きっぱなしで資料室を出てしまったのだ。

　また、安田さんに関する懸念が増えた。いや、安田さんに関する悪口は一行も書いていないとはいえ、あれを読まれるのは私の社内での破滅を意味するような気がした。パソコンのタイマーが鳴った。

　同時に、もう！　という声がしたので、顔を上げて中村課長のデスクの方を見ると、携帯を片手に険しい顔をしていた。

「動画の送り方を教えてから会社に来たらよかったよ！」

　珍しく、何らかの怒りに駆られている中村課長に心を向けている余裕もなく、私はもう一度鍵付きの引き出しを開けて、悪口ノートがそこにないことを確認した。

　普通なら、素手でプリンとスプーンとマグカップに淹れた紅茶を持って行くと思うのだが、私はわざわざ来客用のお盆にそれらを置き、自分がデスクの引き出しの中に備蓄しているアメなども若干足して、エレベーター前へと向かった。安田さんが私の悪口ノートを読んでしまったかもしれない、という最悪の事態に備えて、地に落ちるであろう自分のイメージをほんの少しでも取り繕おうという意図があったのかもしれない。

とにかくノートがどうなっているのか知りたかった。本当は、安田さんが密室から出てきた後、何か言及があれば「いやー気の迷いでして」とごまかしたり、何も言及がなければ資料室に入って回収して何事もなかったように出てくる、というやり方がノーマルなのは頭ではわかっているけれども、なにぶん私はせっかちな性分だった。安田さんが私の悪口ノートを手に取ったのか、それで中身を見たのか見ていないのか、それとも資料室の中にあること自体を知らないのか、ということがどうしても知りたくなった。

ボタンを押そうとすると、携帯を見つめながら険しい顔をしていた中村課長が立ち上がって、当たり前のように私の斜め後ろにやって来る。もしかしてついて来るのか？　この人が傍にいると私はノートの所在についてたずねられないんだけど？　ええ？

「一人で持って行きますんで大丈夫ですよ」

「いや、やっぱりね、出てきてくれるように説得するよ」

「いやいや、二十時までには必ず出てきてくれますって。安田さんですよ？」

「いやいやいや、それまでにもできる準備がいろいろあるだろうしさ。籠城を責めてるんじゃない。そういう堅苦しい職業倫理的なことを言ってるんじゃない。時間の使い方の話をしてるんだ」

携帯に対して苛立つ様子を見せてから、中村課長の様子が明らかに変わったのを感じる。さっき中村課長が安田さんを発見した時は、そんなに安田さんの閉じこもりについて頓着する様子を見せなかったのに。

中村課長はなぜ急に安田さんに出てきて欲しくなったのか？　携帯に何が送られてきたのか？　それとも何が送られてきていなくて焦っているのか？　謎を残したまま、私と中村課長は再び七階に向かった。

プリンとお茶持ってきました、とドア越しに安田さんに呼びかけると、返事がなかったので、もう一度同じことを言うと、はいはいはい、と少し遠くから歩いてくるような音の後に、安田さんの声が聞こえた。不安にさせる距離感だ。間違いなく、安田さんは私のメダカを見ていたと思われる。

「中村課長もいらっしゃいます」

悪口ノートのことは訊けなくても、中村課長がいるということを安田さんが知らないでメダカについて言及しないように、私は慎重に言い添える。

「私の買ってきたプリンだよ」

「ありがとう。ありがとうございます」

「渡したいのでちょっと開けてもらえますか？」

「ドアの外に置いといてくれたら後で取るよ」

私は安田さんは二十時までなら好きなだけ資料室にいたらいいとは思うのだけど、この返答には手強さを感じた。安田さんは人がいるところでドアを開ける意志はないのだ。言葉つきはあくまでいつもと変わらないけれども、自分の決めた時刻までは私たちに顔を見せたりはしないのだ。

中村課長もそれを察したようで、ちょっと難しい顔でドアを見つめながら、やっぱり出てきて欲しいんだがね、と意を決したように告げる。

「小西が二十時に情報を言ってくるとして、そうしておくとそこから最速で行動できるようにいろんな準備ができると思うんだな」

「そうですね」安田さんはあっさり同意する。「準備は私の見積もりで十五分あればできると思いますので、余裕を見て十九時四十分に部屋から出ましょう」

明快だが、とりつくしまもない。中村課長は、納得したような、しかしそれでも不安なような、読めない表情をしていた。

「申し訳ないが出てきてもらいたいんだよ。人間としては好きにしていいと思うけれども、きみの上司としては、看過できないものもあるんだよ」

「ご迷惑をおかけしているのは重々承知ですが、私も仕事に取りかかる際には全力で取り組むので考えさせてください」

二人ともが優等生的なお叱りと反論で斬り合うというやりとりのあと、中村課長のほうがまず折れて、考え直してくれたまえ、と厳粛な声で言ってドアの前を離れ、エレベーターへと歩いていった。そしてそのままボタンを押して、私を待たずに降りていったので、私は思いがけず安田さんと二人で話せることになった。

「あの、私は十九時四十分に部屋を出られるということでまったくかまわないんですけども、ちょっと忘れ物をしてですね、その様子を確認したく……」

「フライングタイガーのノートのこと？」

私は、頭と背中が冷たくなって足元がふらつくような感覚を覚えたのだが、念のために言うけど、見てないからね、と安田さんが言い添えたことで、意識を取り戻した。

「悪口ノートなんでしょ？」

「どうしてそれを……」

「昔、飲み会で酔っぱらって言ってたよ」

横井さんが仕事のメモ書いてるあのノートいいね、って言うと、あれねー、表からだと作業の手順書いてあるんですけど、裏側から八ページめくったら会社の人の悪口が始まるんですよねー、はははー、裏からみないでくださいねー、って言ってたよ、という安田さんの話に、私は自分の頭を殴りたいような、しかし、よくぞ酔っぱらった頭で安田さんへの信頼を見越して打ち明けた、と褒めてやりたいような、複雑な気分になった。

「手元にないと不安だよね。ああいうの」

「そうですね……」

「私も悪く思ってる人たくさんいるけど、他の人の悪口読んじゃうと本当にそういう気持ちが暴走しちゃって手が付けられなくなるからね。だから読んでない」

安田さんが「読んでない」と言うのなら読んでいないのだろう。安田さんはそういう人だ。

私は、安心のあまり床に座り込もうか考え、いやもう仕事着だしどうでもいいや、と開き直って、廊下に尻をつけて、めちゃくちゃ助かります……、と感謝を述べた。

「返した方がいい？」

「いや、見てなければいいです」

「わかった。じゃあさわらないでおくね」

一つ問題が解決したので、今度は、中村課長が態度を変えて安田さんに出てこいと言うようになったことが気になる、と私が話すと、らしくないね、確かに、と安田さんも言った。

「資料室の隅にノートパソコンあるじゃない？　昔の。ウィンドウズ２０００が入ってるやつ」

「あ、あれのＯＳそうなんですか」

「あれ、中村課長のだと思うんだよね」

「知らなかったです」

「あれ使ってたの、横井さんが採用される前だからね」

資料室にずっといるのも暇だし、ソリティアでもやろうと思って立ち上げたら、まあ当然パスワードがわからないんだけど、管理者アカウントで入ったの。そしたら〈パスワード〉っていう名前のテキストファイルのアイコンがデスクトップのど真ん中にあって、何だろうと思って開けてみると、奥さんと上の子と下の子の名前の連続だったパスワードを、自分と下の子と上の子の名前と上の子と下の子の生年の連続のパスワードに変える、っていう注意喚起の文書が出てきたんだけど、このファイル、そのパスワードを使うパソコンの中にあっても意味なくない？　と思ってさ。

「安田さん、パソコンに管理者権限とかで入れるんですね……」

「私は前は今以上に便利に使われてたから、初級システムアドミニストレータの資格を持ってるって知られてそういうこともさせられてたんだよ」

安田さんは当時のことを思い出しているのか、苦々しげに言う。

「そんな資格あるの知りませんでした……」

「二〇〇九年になくなった資格だからね。それはおいといて、その時中村課長は〈なんか古くなって壊れた〉っていう態で新しいパソコンに取り替えてもらってたんだけど、これもしかして、パスワードがわかんなくなってログインできなくなったってだけの理由で取り替えてもらったんじゃないの、っていう疑惑が浮上して」

まあ実際、フロアでもいちばん古いのを使ってたから仕方ないんだけど、そういうの気にする人じゃなくて、パソコンは動けばいいって人だし、なんで突然パソコンを取り替えてもらうことにしたのか、その時は疑問に思ってたんだよね、と安田さんは続ける。

「ええと、下の子と上の子の名前の連続の後に、上の子と下の子の生年の並びっていうのがこう、なんか難しそうですね。順番上入れ替わってて」

「テキストデータの中に、自分に対してもそれを注意してる記述があるんだけど、忘れてしまいそうではあるよね」

「仮にパスワードを忘れたとして、そのテキスト自体を読めないんなら自分に対して注意しても意味ないですよね」

　間抜けですよね、という言葉を、私は一応飲み込む。中村課長はわりといい上司だからだ。安田さんも自分と同じようなことをしていると想像させるような間を空ける。

「中村課長が私に出てきて欲しいのは、このことを深く追及して欲しくないからかなとは思うんだけど」

「でも、私がこの会社に来る前っていったら九年とか前のことですし、それを今更私たちに隠しますかね……」

「そうなんだけど、他人の考えはわからないからなあ」

　私と安田さんは、資料室のドアを隔てて考え込んだのだが、結局中村課長がなぜ急に安田さんに出てきて欲しくなったのかということについての結論は出なかった。

　自分の問題がある程度クリアにはなったものの、中村課長の事情はまだ油断できない状態にあると私は思った。メダカのことや悪口ノートを使って安田さんが私を悪い立場に追い込むとは考えにくかったが、私の弱味を握っている、というか、普段仕事をしていてより世話になっている方はどちらかというと、圧倒的に安田さんだったので、私はなんとか安田さんが満足いくまで閉じこもっていられるように努力すべきだという結論に達した。

気持ちを新たに、普段仕事をしているフロアに降りると、中村課長はやはり落ち着かない様子で携帯を見ていた。

「横井君」

「はい」

中村課長が女子を「君」付けで呼ぶ時は、心が波立っている時、もしくは何らかの親しさを感じている時であると考えられる。今のシチュエーションでは前者が有力だった。

「あるおばあさんがいて、携帯で写真は撮れるリテラシーはあるとする。メールもなんとかできる」

「はい」

「しかし動画をメールに添付して送ることはできない。また、二行以上の文を入力することはできない」

「はい」

「このおばあさんに、動画を送ることを教えるにはどうしたらいい？」

「電話で教えたらいいんじゃないですか？」

「でもその電話をしているツールで動画を撮影し、メールを送ってもらうわけだ。相手は、電話で聞いた操作を覚えているということが億劫なわけだ」

「じゃあメールで指示するしかないですね」

いったい何で困っているというのか？　まさかこの「おばあさんが動画を送ってこないこと」が、安田さんを資料室から出したい理由なのか？

「私が連絡を代わりましょうか？」

「え、いいの？」

「べつにやることもないですし……」

私は中村課長から携帯を借り、「あさださん」という高齢の女性に連絡を取ることになった。あさださんからの最後の連絡は、「写真はとりました」になっている。何の写真だかはわからないが、それが動画になったものをこのおばあさんから受け取れば、中村課長は満足するわけだ。それでもしかしたら、安田さんを資料室から出そうとすることもやめるわけだ。

私はあさださんに、とりあえず「動画を撮る方法は知っていますか？」とメールでたずねてみた。すると、「写真をたくさんとればいいんですか？」という答えが返ってきた。

「この調子なんだよ。持ってるのはスマホだったんだけどね」

返ってきた答えを見せると、中村課長は溜め息をつく。確かに、一瞬面食らう答えではあるけれども、もしかしたら「動画」という言葉を盛んに人が使い始めたのはこの十五年のことなので、馴染みのない言葉なのかもしれない、と私は思い至って、べつの問いを投げかけてみる。

「あさださんの携帯で、ビデオをとることができるんですよ」と書き送ると、「そうなんですか」という悪くない感触の返信が返ってくる。「まず写真をとる画面を出して、下の方を左側へ指でこすります」「やってみました。ビデオは出ません」。私のスマートフォンのカメラは画面の下方をスライドさせることで写真か動画かのモードを選べる機種なのだけれども、あさださんのは違うみたいだ。カメラのアプリが各機種で違うことは、たしかに機種変更をした際などに地味に手間取るところではある。「わかりました。カメラの絵はありますか？」「あります」「一つですか？」「二つあります」。私はそのどちらかがモード変更のためのアイコンだと見当をつける。「片方は、真ん中のボタンみたいなのの中とか、赤くなってるとか大きくなってるとか、とにかく強調してある方としてカメラの絵がありますよね？」「そうです」「そうじゃない方の周りに、小さい三角印みたいなのはありますか？」「あります」。それだ。それがビデオだ。「それを押したら、四角の横から三角が飛び出してるような絵が出てくると思うので、それでビデオが撮れます」。そしてしばらくあさださんは沈黙したのち、「ビデオとれました」と返信してきた。何のビデオかはわからないが、とにかくそれは良かった。

この調子で、動画のメール添付のやり方を私はあさださんに教えた。動画からメール添付を選択させるか、メールから動画の添付をやってもらうか迷ったのだが、メールからの方がわずかにわかりやすいかもしれないと判断した。ファイル選択がよくわからない可能性もあるけれども、相手の機種が添付ファイルの選択の際に最新のデータを提案するようなおせっかいなものであることを願いつつ、私はあさださんに手順を分解して指示し続けた。

あさださんへの連絡を始めてからおそらく数十分後、『ビデオです』というタイトルと共に動画が送られてきた。時計を見ると十九時三十分を回っていた。疲労感に苛まれながら、中村課長に、動画来ました、と携帯を渡す。一刻も早く自分の席に座って疲れを癒したかったが、とにかく中村課長が何の動画を送ってほしがっていたのかということだけを確認するために、傍らに立っていることにする。

おーよしよし、ありがとう！　と言いながら、中村課長は添付されて送られてきた動画を開いた。

カメラのレンズは、毛布の敷かれたカゴのようなものの上に白と黒のぶち模様の猫が座っていて、そっぽを向いている様子を見下ろしていた。脚に包帯のようなものを巻いている。カメラが猫の正面に回ると、猫はめんどくさそうにこちらの方を見て、ニャアと鳴いた。

私は足元がふらつき、壁に背中をついてそのままその場にくずおれた。

「大丈夫？」

中村課長に訊かれ、私は首を横に振りながら、いちばん近くにあった自分の椅子を引き寄せてやっとの思いで座る。

「なんで猫？」

「朝出勤する時にさ、この猫が脚を引きずって歩き出そうとしたり止まったりして様子が変なのを見つけたんだよ」

中村課長は、思い切って猫に近付き、脚を負傷しているのを発見した。

「自転車か何かにぶつけられたと思うんだよね」

とにかく歩こうとする程度の体力は残っているが、猫の容態は一刻を争うのではないかと中村課長は判断した。

「病院に連れて行かないと、と思った。でも仕事には行かないといけないからさ」

そこに、近所に住むというあさださんが通りかかったのだという。あさださんは親切にも、猫を病院に連れて行くという役目を引き受けてくれたらしい。治療費は中村課長がおおよその額を先払いしたそうだ。

「出勤してからしばらくの間は、まあ大丈夫だろうと思ってたんだけど、日が暮れるとむらむらと心配になってね。一刻も早く帰って様子を確認しないと、という気分になって、安田さんを急かしてしまった」

やっぱりあれだね、夕方は人を心細くするもんだね、写真だと様子がわかりにくいしね、でも動画を見てかなり安心した、と中村課長は続ける。私はその話を、脱力感で気絶しそうになりながら聞いている。

「まあ少し落ち着いたよ」

「そうですか」

「これで安田さんは好きなだけ資料室にいてくれていいということになったけど、もう七時半を過ぎちゃったんだな」

そう言いながら、中村課長はフロアの時計を見上げていた。私は、これからまだ仕事をする気力を完全に失って、中村課長も安田さんも置いて一刻も早く帰りたい、と思った。

「安田さんを資料室から出したかった理由、パスワードがわからなくなってパソコンを放棄したことが原因じゃなかったんですね」

ひどい虚無感をもたらした中村課長に一矢報いるため、安田さんから聞いた中村課長にとって都合の悪そうな話をすると、うわーそれは時効でしょ、と中村課長はあっさり認めた。

結局、二十時になっても小西係長からの連絡はなく、対照的にきっちり十九時四十分にデスクに戻った安田さんと中村課長と私の三人は、それぞれの席で気を揉むことになった。

二十時半になり、ようやく電話が鳴ったので受話器に手を伸ばすと、先に中村課長が電話に出た。最初は、はい、そうか、そうなのか、と普通に受け答えをしていたのだが、中村課長の顔付きは次第に険を帯び始めて、しまいに、何なんだそれは、と言った。

「安田君も横井君も、君の仕事のために今日は出勤したんだ。もうちょっと悪びれろよ」

安田さんと私は顔を見合わせた。穏和な中村課長がそんなに強い口調で話すところを、おそらく二人ともが初めて見たからだった。

「やはり今週の平日中に答えをもらえなければ、資料の納品は月曜日になると先方に君が言うべきだったんじゃないか？　そもそも休日に社内の人間を働かせることを前提で君がやりとりをしてきたのは変なんじゃないか？」

　私は思わずうなずいた。安田さんはお茶を飲んでいて表情が見えなかった。

　わかった、じゃあ我々は帰るよ、また月曜日に話そう、と言って、中村課長は受話器を置き、首を横に振った。

「結局、先方は食事会で酔っぱらって階段で足を滑らせて挫《くじ》いたので、資料は明日中ということではなくなったらしい」

　それで小西係長が、得意先のさらに得意先に連絡すると、「そういう事情があるんならべつに明日じゃなくてもいいよ」という話になったそうだ。

「そういうわけで帰ろう」

　そう言って中村課長は、パソコンの電源を落とし、鞄に携帯を入れてすっくと立ち上がった。私は少しの間呆然としていたけれども、いつの間にか日報を書き終わっていた安田さんは、静かにノートを閉じ、帰ろう、と私に向かってうなずいて見せた。


　本当に無駄な休日出勤をしたわけだけれども、あまりに心配することや腹の立つことが多かったため、それから逃れられた瞬間の解放感はものすごかった。

何を食べて帰ろうか、ということを考えながら、安田さんと小西係長の文句を言い合っていると、中村課長は、ここで食べていこう、ごちそうするよ、と駅の近くのチェーンの焼鳥屋の前で立ち止まった。安田さんも私も、断る理由は特になかったので、三人で店に入ることにした。

しかし座敷に座って猫がニャアと鳴く動画をもう一度確認すると、中村課長はそわそわし始めて、申し訳ないけどやっぱりすぐに帰るよ、とねぎまを二本食べただけで、私たちの分のお金も置いて十五分で去っていった。

私が中村課長が猫を助けた話をすると、そりゃまあ気になるかもね、と安田さんはうなずいて、おいしそうにレモンサワーのグラスに口を付けた。

「資料室に忘れてたノート、元の場所に置いてあるからね」

「はい。すみません」

私はそう言って、鳥皮をおいしく食べた。月曜日にノートを取りに行った後、自分が中村課長の悪口を書くのか書かないのかは、今はまだよくわからなかった。

イン・ザ・シティ

〈大陸の北方に位置するラハズーク半島は、比較的寒冷ではあるが、冬は雪が降るほどではない。特に半島の西側は、暖流が流れているため、住みやすく過ごしやすい気候になっている。

半島の西側の中程に位置する人口十三万人のパローナ市国は、教皇の統治による都市国家で、海に面しているため大きな港を持っている。市国の僧侶たちは、帆船に乗り込んで世界の隅々まで派遣され、教皇の教えを説いて回っている。修道士たちは巨大な農園を運営し、どんぐり、カラカサタケ、アーモンド、たんぽぽなどを栽培している。中でもどんぐりは主要な生産品目である〉

キヨの渡したレポート用紙をじっと読みながら、アサは何度かうなずいている。キヨは、あまりそちらを見ないようにしながらも、気持ち悪がられてはいない様子であることに少し安堵する。

どんぐりなんだ？　うちの団地の近くにもいっぱい落ちてる。売れるの？

平織りと綾織りの違いについて解説している、先週配付された家庭科のプリントの隅に、アサはそう書いて隣の席のキヨとの真ん中に滑らせる。アサの字は雑だが味がある。まるで教室のどこにいても、どんな馬鹿なことを言っていても聞こえてくるアサの声のように。キヨは、特別などんぐり、すごくおいしいのかも、と走り書きをして、どんぐりの絵をあっという間に描く。ほとんど紙の方は見ずに。農産物については、家にあった植物図鑑を適当に四回開いて目に付いたものを並べた。

すっごくおいしいどんぐりだと思う。

そうアサが書くと、キヨは、おいしくて、毒があるのかもしれない、とその下に書き加える。

先生は、プロジェクターに綿製品が燃える様子とアクリル製品が燃える様子を交互に映し出して、どちらが火が付いた時に人間の体にとって有害か考えてみましょう、と言う。綿製品は炎をあげて灰になりながら燃える。アクリル製品もやはり大きく火が付くけれども、どこかねっとりとしていて、炙られた部分は溶けて滴になって下に落ちていく。

キヨの正面の席に座っている加藤の目つきは、どこか興奮しているように輝いている。プロジェクターに火が付いた映像が流されているから興奮しているんじゃなく、それまで見たことがない事実を目にした時の興奮であることが、キヨにはなんとなくわかる。少しだけ歯が出ている加藤の口が、アクリルだな、と動く。加藤は勉強ができて、友達が少ない。加藤は野球部でもないのに坊主頭で、好んで詰め襟をいちばん上までしめる。上の縁が太い加藤の眼鏡の型は角縁というらしい。キヨは密かに次に眼鏡を買う時はそのタイプのにしようと思っている。加藤の隣に座っているはずの掛川という男子生徒は、ゴールデンウィーク明けから不登校になったとキヨはアサから聞いた。

うまくて毒いいね。どんな毒なの？　すぐ死ぬ？　それともゆっくり死ぬ？

ゆっくり死ぬで。毒をもられたこともわからないような毒なんだよ。たぶん。

怖いな、宗教でもってる国なんでしょ？

教皇が怖い人なんじゃないかな。

家庭科のプリントの余白はあっという間になくなる。キヨはそちらを見ないまま裏を向ける。

パローナ市国の教皇は、エヴァンジェリストたちに特別などんぐりの中の特別などんぐりを渡して、行く先々の為政者に献上し、弱らせて回っている。エヴァンジェリストたちは、国家の弱体化につけ込んで、貿易や植民地の拡大において、パローナ市国の利益になるように暗躍している……。キヨの頭の中が、悪への想像力で満たされる。キヨは弱い人間なので、悪いことを考えられるとほっとする。自分が完全に無防備な存在でもないことを自覚できるからだ。キヨは、自分の弱さのことはわかっているが、善良な人間なのか、それとも悪い人間なのかは、十四歳の今はまだよくわからなかった。

アサは、キヨが渡したレポート用紙を再びじっと眺める。半島の名前がラハズーク半島なのは、アサの名字が「葛原（くずはら）」だからだ。クズハラ、を逆に読んで少しアレンジするとラハズークになる。アサはこの名前について、清原の名前入ってないじゃない、ヨキズク半島にしよう、と言ったけれども、キヨは「ラハ（ハラ）」が入ってたら自分の名前が半分入ってるってことだからいいんだよ、と返答した。

ラハズーク半島は、最初はラハズーク島だったが、キヨはいろいろ考え、五つの都市があるだけの閉じた島よりは、どこか別の場所と地続きである「半島」のほうが、あとあと広がりを持たせられていいので、という結論に至った。アサも、その方がいいね、と同意してくれた。

家庭科の先生は、さわれる見本を持ってきたので、皆さんで回しながら見てください、と言いながら、九つのマスに色も柄も違う布が張り付けられたボードのようなものを示す。ボードはけっこう大きくて、四方が先生の前腕の長さぐらいある。キヨの前に座っている加藤が、眼鏡のレンズの位置をなおして、ほんの少しだけ身を乗り出す。キヨも、そのボードはちょっとちゃんと見ておきたいし、口を開けて家庭科の先生の手元を見つめているアサも同じような気持ちであることがわかった。

九種類の布見本は、遠くから見た時ほどはおもしろくはなかったけれども、キヨは〈フランネル〉は気に入った。手触りだとか毛羽だった感じというよりは、見本の生地の紺色と金色に近い深い黄色と黒のチェックの模様がいいような気がした。要はネルシャツの素材か、と気付いて、今度はこういうのをどこかで探せないかと考えた。衣料品の量販店じゃなく、もちろんスーパーの衣料品コーナーでもなく、でも金がないからクラスの小遣いの多い子が行くようなショッピングモールの専門店のでもなく。古着屋かフリーマーケットかな。どっちにしろ古着。〈ツイル〉は気に入らなかった。先生によると、「処理をしないとほつれやすい」とのことで、端からもろもろもろもろ糸が垂れてきていて、扱いにくくてめんどくさい奴みたいだと思った。

布の見本どれがよかった？　と真ん中にある紙にキヨが書くと、ダンガリー、とアサは書く。キヨが二番目にいいと思った生地だった。やっぱり気が合う。キヨが見本を渡した前の席の加藤は、何度かボードの上下左右をひっくり返しながら、自分の好みの何かを探しているようだった。

加藤が隣の机で寝ている久住の横に布見本のボードを持って行って置いたところで、チャイムが鳴った。月曜日の六時間目が終わった。

*

キヨとアサが最初に話をしたのは、四月の中頃に中庭の合同清掃をした時のことだった。３組で四階に教室があって周囲からオタクだと思われているキヨと、４組で三階の教室に登校していてハンドボール部のアサでは、教室がある階の違いもあって、同じ中学でも、文字通り住んでいる階層が違っていたのだが、二人を結び付けたのはマインクラフトだった。〈マインクラフト〉と括弧をつけるのももはやまだるっこしい、あのマインクラフトだった。角刈りで青いシャツのＳｔｅｖｅか、金髪で緑の服を着たＡｌｅｘを操って、世界にあまねくあらゆるものを殴って立方体に素材化し、暮らしに役立てながらサバイバルをするというゲームだった。素材が無限に使えるクリエイティブモードもあるけれども、キヨはもっぱら、夜になるとゾンビがどこからか現れて叩いてくるサバイバルモードをプレイしていた。

いっとき、視界がすべて立方体で区切られて見えるほどゲームをやっていたキヨは、それほどやらなくなった今も積まれたブロックなどを見かけると自分がＳｔｅｖｅのような気がしてくる。それで調子がいい時は殴る真似をしてみて、少しだけ暇つぶしをしてみたりするのだが、その時は、中庭の花壇のブロックが四角く見えていた。花壇は花壇のはずだが花はなく、雑草がぼうぼうに生えていて、自分がこれをＳｔｅｖｅとして見かけたら、おそらく殴って素材にしてしまって別のものを作るだろう、とキヨは思ったので、なんとなく、殴る真似をしてみた。その様子を見て、マイクラかよ、と指摘したのがアサだった。

「自分がスティーブだったら、こんな意味のない花壇は解体してもっとましなのに作り直すわって思って」

「作業台の上でね」

アサも左手にほうきを持ち替えて、片目をつむって右手でブロックを殴る動作をする。

キヨは、見た目がとにかくいいとか、見た目がいいから男と付き合ってるとかという異次元的な隔てられ方ではないけれども、違う階に登校している運動部員だというだけで自分とは生きているカテゴリが違うはずのアサが話しかけてきたことに内心で驚きながら、マインクラフト知ってんの？　とたずねた。世界一売れたゲームらしいから、確かに学年の何人かはやっていただろうけれども、４組のクズハラがやっているとは考えたこともなかった。

「知ってる。っていうか去年めちゃくちゃやってた。弟がフォートナイトやりたいからってスイッチ持ってかれてからやれてないけど」

「そうなんだ。自分も二年ぐらいめちゃくちゃやってた。でもなんか、最初に作った人がとんでもない金持ちになっちゃって、でもあんまり幸せじゃないっていう記事読んでから、なんか複雑な気持ちになって、そんなにできなくなった」

「へえ。作った人のことなんて考えたこともなかった。どのぐらい金持ちなの？」

「八十三億の家買ったんだって」

「年末ジャンボの十年分以上だね。っていうと大したことないみたいに思えるけど実際えぐい額なんだろうし、家にかけただけの金がそれなんだよね」

たしかにそれ聞くと、マイクラで崖に穴掘ってたいまつとベッド置いてドアつけて今日は寝れるって喜んでたりするのがなんか微妙な気持ちになるかも、とアサは付け加えた。

「でも自分はベッドだけ置いてドアつけてるだけの２×２×２の家めっちゃ好きだわ」

「私も好き」

「なんでだろ」

リアルの家も狭いのにゲームの中の家も狭くしちゃうとか、とキヨが言うと、アサはげらげら笑って、私さ、豆腐型の小さい家作って、天井にガラスはめ込むの好きなんだよ、と続けた。それでさあ、雨が降ってる日は天井をぼーっと眺めるの。夜になるとゾンビがドアを叩いてくるけど、それは無視してさ。

その日キヨは家に帰って、久しぶりにタブレットでマインクラフトを起動して、屋内が２×２×２の広さの豆腐型の家を作ってベッドとたいまつを設置し、天井にガラスをはめ込んだ。雨は降らなかったが、夕日に赤く染まった空が見えた。

それがキヨとアサの出会いだった。それから、教室の階も違う上にオタク（キヨ自身はオタクの同級生とすらあまり話が合っていなかったが）と運動部と生きているカテゴリも違う二人は、しばらく話をすることはなかったけれども、その後、病院の待合室で再会した。

ものすごく待つ、ということが周辺の住民に周知されている総合病院の夜診の待合室だった。キヨはその日、どうしても塾に行きたくなくてひどい咳があるふりをしていた。母親は訝《いぶか》ったけれども、そんなにしんどいんなら、ということで病院に行かされた。

大きな待合室のテレビでは、夕方のニュースショーが放送されていて、芸能人の誰と誰が付き合っている、という話題に誰もが興味があるという態でいろんな人がしゃべっていた。キヨは、男のアイドルグループの誰それの部屋に新人の女優の誰それが出入りしていたという話はどうでもよく、単に顔がいいもの同士だからなんとなく付き合ってるとか、もう冷めかけているかもしれないのに、言葉の音数を整えるためだけに「熱愛」と言い切るのはやめたらいいのに、ということを考えていた。ならばキヨが責任を持って、「熱愛」に代わる言葉を考えないとフェアではないのだが、それが出てこないのが痛いところだった。

キヨがそうやって頭が空っぽに見える、誰もが他人の恋愛に興奮すると思い込んでいる連中に対抗する言葉を自分が持てずにいることに苛立っている時に、あ、清原！　と、アサのでかい声が聞こえてきた。

「なに清原、病気？」

「あー咳、咳ってことになってるんだけど……」

え、咳してなくない？　と隣にやってくるアサに指摘されて、キヨは仕方なくゴホゴホとそれらしいふりをした。キヨが説明を求めたわけではないのに、アサは、自分は扁桃腺が腫れているという話をした。前の日は唾を飲むのも苦痛だったけれども、治りかけになってようやく病院に来てみたという。

「でもここめっちゃ待つよね」

「うん。なんでこんな病気の人多いんだろ」

二人の話に、近くにいた初老の男が舌打ちをし、そいつと同じ年ぐらいの女がじっと見てきた。自分たちがうるさいことに気が付いたキヨが、まあとりあえず声抑えようよ、とアサに提案すると、あーそうだね、とアサは相変わらずでかい声で言った。

アサは、キヨが膝の上に置いているタブレットに目を付けて、Ｓｔｅｖｅの手付きをしながら、マイクラやってんの？　とたずねてきたが、キヨは頭を横に振った。

「相変わらず八十三億円の家のことが引っかかってんの？」

「そうだなあ」

「今は何のゲームしてんの？」

「金ないから無料のやつをちょこちょこやる程度だよ」

「ここ当分待つから、自分もなんかダウンロードするよ。いいのある？　対戦しよう」

突然のアサからの提案に当惑しながら、キヨは時計を見て、とにかくあと三十分は自分は名前を呼ばれないだろうな、と見積もり、それに適したアプリを考え、アサに名前を告げた。数十枚の地形のカードをプレイヤー同士で分け合いながら、都市や街道を作製して、その広さを競うゲームだった。

ストアを見るなり、アサは、楽しそう！　と言った。アサは何に対しても「楽しそう！」と言う人間なんじゃないかとキヨは直感的に気付いていたけれども、そこに厳密さを求めるのは子供のやることなのでそのままにしておいた。

キヨがルールについて簡単な説明をして、すぐに二人はプレイを始めた。キヨは手加減するつもりだったが、アサは始めたばかりなのになんとなくうまい感じがして、キヨは結局、ＣＰＵと対戦する時と変わらない真剣さで道を作ったり都市を作ったりしていた。

プレイしながら、アサが何度か「私の街」「私の道」と言ったことが、キヨには気になった。キヨは何度もゲームをプレイしているので、プレイ上で作製されていく街や道は通り過ぎて消えていくものでしかなかったけれども、初めてゲームにさわったアサからすると一つ一つが意味があるように見える何かなのだろう。

ゲームは接戦で、アサが3点差で勝った。キヨが最後の方で上の空になり、適当にカードを置いているうちに、アサが初見なりに考えた手を打って勝利したわけだが、キヨは特に悔しいとも感じなかった。アサが、これどんな街なんだろう、すっごく大きいけど、とキヨの作った街を指さして言ったからだ。キヨは、最後の盤面のスクリーンショットを保存した。そこでキヨの名前が呼ばれ、キヨはじゃあまた、と立ち上がって診察室に向かった。

咳が止まらないんです、だいぶましになってきましたけど、と咳をしてみせると、三十歳ぐらいに見える男性の医師は、キヨののどを見て、そうですか、と静かに同意した。「おまえ仮病だろう」とは言わなかった。咳止めを出されることになった。薬をもらうのを待っている時に、またアサが戻ってきたりしないかとキヨは待っていたが、姿が見えなかったのでキヨは帰ることにした。

家に帰ると、母親はキヨに十歳年上の兄の話をした。就職で家を出た兄が付き合っている人と別れたという話だった。母親は兄の元恋人について、育ちが悪そうだとか学歴が低いだとかいう悪口を言った後、キヨに、あんたも高校に入ったらお兄ちゃんみたいな人を見つけなさいよ、と言った。頭が混乱したキヨが、覗き込んでいた冷蔵庫を思わず強く閉めたところ、そういう育ちの悪そうなことはやめなさい、と母親は言った。

私は偏差値が75あります、同じ学年の者たちから一目置かれる美人です、ハンドボールを25m投げられます、と嘘をまき散らしてやりたかった。キヨが実際にそうでも、母親はおそらく何かの瑕疵を探し出してキヨに被せてくることは目に見えていた。キヨの母親の前では、女の子供は何を持っていても何を持っていなくても常に何かが足りないのだ。なら何も持たないでいてやろう、とキヨは中二だった去年の秋に決めた。

部屋に戻るとキヨは、タブレットに保存したスクリーンショットを見ながら、五ミリ方眼のレポート用紙に地図を描いてみた。大きな都市が二つ、それよりは小さいがやはり大きめの都市が一つ、山を背にした集落が一つ、森のはずれにある小さな村が一つ。

都市の配置を描いた後、キヨはこれらの都市がどういった場所なのかということについて考えてみることにする。参考のため、中学一年の時にやった世界地理の地図帳を持ってきて、キヨは第一章の気候についての部分を熱心にめくり始める。初手からめちゃくちゃ暑いとか寒いとかだとあとあとバリエーションがつけにくくなりそうなので、一個目の都市については、いろんな気候の中でも中庸そうな西岸海洋性気候から始めることにする。

西岸海洋性気候ということは、その都市は西側にあるはずで、キヨはレポート用紙に描いた地図の中でもっとも西側にある街を確認してみる。ゲーム上ではアサが作った街で、レポート用紙上の都市では二番目に大きい。よし、じゃあこの街の西側には暖流が流れていて、暖流が流れているということは海がある。海があるということは港がある。

それからキヨは夢中になって街のことを考え始めた。途中で、ねえそういえば咳の薬もらったの？　薬飲んだの？　眠くなるやつじゃないの？　と母親がノックもせずに部屋のドアを開けて中断したけれども、その日は眠る直前まで、自分が作り始めた街のことを考えていた。

*

それからキヨは、塾の宿題の合間に、時には塾の宿題も適当にして、レポート用紙に描いた地図の都市の中身を作り始めた。その都市の気温の推移のグラフを描き、周辺の地形の詳細を想像し、人種の比率を構成し、歴史を作り、政治体制を整え、特産物を考え、どんな資源が埋蔵されているのかについて思いを馳せた。簡単な都市の中心部の地図も描いてみた。すると通りの特色も見えてきた。河を横切らせて橋を架け、その袂《たもと》に広場を作ると、朝に立つ市場の賑わいが見えてくるようだった。

頭の中の都市が少しずつ形になってくると、キヨはアサにそのことを話したいと思い始めたのだが、対戦はしたというのに連絡先は知らなかった。キヨは、二年の時に同じクラスだった友人がものすごく愚痴っぽくて、自分の推しの声優だとかキャラクターの話などはいくらでもするのに、キヨがやっているゲームの話はぜんぜん聞いてくれないことに辟易して、別の友人も似たような感じだったので、同級生と対等なやりとりをすることについては諦めつつあったため、アサの連絡先も訊かなかった。それにアサは、携帯でだらだら文字のやりとりをするより、対面で人と喋ったり体を動かしたりすることを好みそうだというキヨのイメージもあった。

休み時間に三階に降りることもめったにない。三階に教室がある4組と5組に、友達は一応いたけれども、用事があるというほどでもなかったし、用事を作ってアサを探しに行くことは自分でも気持ち悪いから嫌だった。いくらアサが自分とカテゴリの違う人間だからといって、未練がましくまとわりつくような真似はしたくなかった。

縁がないのならもうそれはそれで仕方がないと思っていた。アサに見せなくても、キヨは一人で自分がレポート用紙の上で作っている都市のことを考えていられて、それは幸せな時間だった。いずれタブレットで着色した地図を描いて、概要を整理することを考えると心が躍った。それでどうするというわけではない。キヨは小説を書いたり漫画を描いたりはしない。実物にしろ絵に描かれているにしろ、人間が大して好きでもないからだ。オタクの友人たちと話が合わないのはそこだった。集団としての人間がどういう動きをするのかについては考えていられたけれども、個人の見た目やパーソナリティにはほとんど興味がなかった。たとえばゲームの中でキヨが感心するのは、マリオやカービィやクラッシュの身体能力で、外見と性格は不快でなければどうでもよかった。ストーリーは必ず人間を描かねばならないものだ、という偏見がキヨの中にはあった。だから、都市のことは都市のこととして完結させたかった。

　自分が作っている都市のことをアサに話すのはどうでもいい、と本当にちゃんと思えるようになっていた頃合いで、４組と家庭科の合同授業をすることになった。キヨハラ、クズハラ、と名字が近いので、もしかしたら同じ机になるのでは、と思っていたらその通りだった。

　今さらだな、とキヨは思った。もう人に見せたい気持ちのピークは去っている、と最初は冷めた思いでいたのだが、アサと久しぶりに話すのはやっぱり楽しかった。

　アサは、弟と母親の目を盗んでまた少しマインクラフトをやった話をしてくれた。新しくゲームを始めた場所が、なぜかすでに完成している村の真ん中で、アサは毎晩村人のベッドで勝手に寝るのだが、アサを追いかけてきたクリーパーが、アサがベッドを借りている家を自爆して破壊してしまったので、自分のＡｌｅｘはどんなふうに村人にあやまったんだろうと思う、とアサが話していたのがおかしかった。

　キヨとアサと同じ机で家庭科の授業を受けることになった男子が、キヨのクラスの加藤だったのも気楽で良かった。二年の時もキヨと同じクラスで、前から数えた名前の順番が、男子ではキヨと同じであるため、ときどきキヨと組まされることがある加藤は、オタクでも運動部でもない、普通に勉強ができるだけの男で、ほとんどしゃべっているところを見たことはないが、去年やった調理実習での、ゆで玉子の茹で時間ごとに中身の固さを調べるという実験をすべて一人でこなしてキヨに丸写しさせてくれた。助かったサンキュー、とキヨが加藤に言うと、加藤は腕を組んで横を向いて、ふは、と笑っただけだった。もう一組のべつの男女は、端的に付き合っていて、誰の話も聞かない上にゆで玉子を茹でる鍋に水ぐらいは入れたキヨ以上に何も手伝わず、加藤の実験結果を写していた。

　加藤は今回の被服に関する授業にも興味津々なようで、キヨとアサのやりとりには一切の注意を払う様子がなかった。キヨは密かに、最後の方にミシンの実習があるけれども、もしかしてこいつやってくれたりしないだろうか、と眼鏡を上げながら待ちかまえるように授業を受ける加藤を盗み見ていた。

　布見本を見せてもらった次の授業では、キヨは、レアル・ベルガーニャをアサに紹介した。ラハズーク半島の南西に位置する、半島の中でもっとも大きな都市だった。
〈半島の南に位置する人口二十万人であるベルガーニャ王国（レアル・ベルガーニャ）には、伝統的な王政が敷かれている。温暖な気候に育つベルガーニャの人々は体格が良く健康で、軍事や科学、芸能といった人的サービスを大陸の各地に提供している。農業国としても豊かで、ローズヒップ、ゴールドラズベリー、ポルチーニキノコ、そしてアカシアの蜂蜜とアカシア自体の毒を産出している。現在の王はホルヘ十世。自らも十六歳からの二十年を傭兵として過ごし、数年前に即位したばかりである〉

キヨにレポート用紙を回されたアサは、ふふんと笑って、すぐにミシンの針と布の厚さについて説明するプリントの隅にキヨへの伝言を書いて、机の二人の間のスペースに置いてきた。

王様も働いてたってこと？　いい人っぽい。

まあ、怒りっぽい設定なんだけど、悪い人間じゃないね。

でも兵士を輸出してるっていうのはけっこう無神経な人だね。

ホルヘ十世を評するアサの言葉に、キヨはやや虚を突かれるものを感じる。

なんで？

戦争でもうけてるわけでしょ？　自分のところは何もなくても、よその国同士の争いで稼いでる。

その言葉の後、アサは小さい字で、ディスってるんじゃないよ！　と書き加える。それはキヨにもわかるので、戦争以外の兵士の役割について少し考えを巡らす。

国境の警備とかに派遣してるのかもしれない。あと自前では治安を良くできない国に人を貸し出したりとか。

なるほど。やっぱり人材ハケン。

キヨはアサの横顔を少しの間眺めて、もともとそんなに知らない人間だけど、自分が知らないとわかっている以上に自分はこの人間のことを知らないのかもな、と思う。キヨが渡したレポート用紙をじっと眺めるアサの顔には、何か思慮深さのようなものが漂っていた。

休み時間になるとアサは、ちょっとだけこれ読む、と教科書とノートの間から文庫本を出して読み始めた。何の本？　とキヨがたずねると、ギリシャ神話の本、とアサは答えた。

「好きなの？」

「古本屋で百円だったたから」

百円だけどおもしろいよ、とアサは、キヨが覗き見たところ、細かい項目に分かれたページに目を通し始める。紙の黄ばんだ古い本だった。

アサは数項目を読むとすぐに気が済んだようで、休み時間の数分が残っている時点で本を閉じて教科書とノートの間に突っ込んだ。

「どんなふうにおもしろいの？」

「だいたい皆クズなんだけど、クズっぷりがおもしろいし、たまにましな人がいると応援したくなる」

だいたい不幸になるけどさ、とアサは肩をすくめる。

「本よく読むの？」

「えー。ときどき」

百円のコーナーにおもしろそうなのがあれば、とアサははぐらかすようなことを言う。チャイムが鳴る。キヨはなぜか、身が引き締まるような思いがする。今までのアサは、マインクラフト好きのハンドボール部の声がでかい女子だったが、これからは読書もする人間で、レアル・ベルガーニャの王の欺瞞に気付く人間でもある。もういいかげんな都市は作れない。

キヨは厳粛な思いで残りの都市の作製に取り組むことを決意し、その気持ちは、その日塾に行っても、塾から帰ってきても、母親から好き勝手なことを話しかけられても揺らぐことはなかった。

　三階と四階の踊り場で、キヨと同じクラスの小松とアサが話しているのを見かけたのは、それから二日後のことだった。小松は、勉強ができるわけでも運動ができるわけでもなく、見た目は地味で帰宅部という目立たない男子だったが、クワガタの飼育には定評があると耳にしたことがある。学校では比較的無害な男子だった。

　アサが小松に何か熱心に話しかけていて、小松がやや困ったような顔をしてアサと距離を取りながら返答している、という様子を、キヨは昼休みに音楽準備室に行った帰りに目撃した。友達の友達の吹奏楽部員が、昨日の部活の後にやり残した掃除を手伝ってくれたらマリンバを叩かせてやる、と言っていたのを聞きつけてついていったのだった。約束通り叩かせてもらったマリンバは楽しかった。

　アサは小松の何らかの説明に首をひねって、ありがとう！　とやはりでかい声で言って三階へと戻っていって、小松は四階へと上がってきた。一緒に音楽準備室に行ったクラスメイトを先に教室に帰して、前を通り過ぎようとする小松に、あの、訊いていい？　と話しかけると、え、うん、と小松はうなずく。キヨが小松と話すのは初めてだった。キヨは女子の中でもそんなに背が高い方ではないが、小松はキヨよりもさらに身長が低かった。

「クズハラと知り合い？」

「あー。小学校が一緒なんだよ。それでクズハラの弟と俺の妹が同じクラスで」

「そうなんだ」

「清原はクズハラの知り合い？」

逆に小松にたずねられて、うん、とキヨがうなずくと、クズハラも苦労してるよな、と小松は肩をすくめる。

「苦労？」

「ああやって自分の弟が学校に来てるかどうか、たまに俺に訊いてくるんだよ。俺には妹に様子を訊いてくれって頼んできてさ」

小松の説明によると、アサの弟はときどき学校を狡《ずる》休みするそうなのだが、アサがそのことを指摘しても、母親も弟自身もそれを隠したり嘘をついたりするので、小松とその妹に情報提供を頼んでくるのだそうだ。

「狡休みしてもさあ、親が庇ってくれるとか、いい身分だよなクズハラの弟」

小松はそう言った後、あれ、このこと言って悪かったかな？　と首を傾げ、これから図書室に本を返しに行くから、とその場を立ち去っていった。キヨは教室に戻りながら、アサ自身からではなく身辺のことを聞いてしまった罪悪感にとらわれつつ、どの家もなんかあるのか、と当たり前のことを呟く。

漠然と、アサはもっと健全な家の子供だと思っていたけれども、そうでもなさそうなことに、キヨはなぜか関係のない自分が傷付けられるのを感じた。自分は自分の母親の話すことの一貫性のなさだとか身勝手さをなんとかかわせることを知っているので、母親が兄と自分に差を付けて育てて父親もそれを無視していることには耐えられるけれども、アサがアサ自身の家族をどう思っているかについては雑に想像することしかできないので、自分のこと以上に不安になるのを感じた。

アサはべつにこだわったりはしないだろうけれども、自分がアサの友達であるかについての社会的に公正な判断を自らが下すことはできない、とキヨは厳正に考えていたので、「友達として励ます」みたいな直球の何かは自分よりアサと仲のいい誰かがやればいいとして、キヨがアサにできることは、家庭科の時間ごとに見せる都市の内容を充実させることだけだった。

キヨはますます身を入れて地図帳を読んだり、歴史の教科書もちゃんと読んでみたりすることにした。とりあえず、その土地そのものと昔のやつのやってきたことを横と縦で考えられるようになったら、まあまあありそうな街が作れるのではないかと思うようになっていた。

アサの言っていたギリシャ神話についても少し検索してみたが、嫌悪感がひどくてやめてしまった。確かにクズばっかりだ。今の人間とも大して変わりはしないし、キヨはますます人間というか、人情が嫌いになった。そしてそうやってはっきりと嫌いなことが増えると、自分という人間が一歩あるべき姿に近付いた気がして、後ろ向きなことのはずなのに心強く思った。

*

〈山間部に位置するモンデリック要塞は、人口六百人がその中に住む堅固な要塞である。五百年前に山に逃げ込んだ軍人の一族が険しく寒冷な山の暮らしに適応し、いつしか近くを通るパローナ市国の僧侶の一団や他の都市から来る隊商への略奪行為や、戦士の輸出で生計を立てるようになり、要塞を築いて周囲に恐れられるようになった。

　要塞は代々、その時代のもっとも優れた戦士によって統治されていたが、要塞で史上最強の戦士にして独裁的な統治者と評される先々代のチュルク一世が世襲を敷いたため、その慣習はなくなった。現在要塞を統治しているダリル一世は、戦士としての資質を欠き、求心力を発揮できずにいるため、要塞からは人民の流出が相次ぎ解体寸前である。産業も無きに等しいため、要塞内には貧困が蔓延し始めている〉

地図の中の目立った二つの大きな都市を作った後、キヨは地図のほぼ真ん中に位置する二番目に小さな山間部の集落を作ることにした。

アサは、特産物はないもののこれまで以上に力の入ったレポート用紙のキヨの記述を読んで、何度かうなずいていた。

ここ、世襲やめたらましになる？

何度実物を前にして見返してもキヨが理解できない下糸の掛け方が描かれているミシンの図の上の余白に、アサはそう書いて二人の間にプリントを置く。

弱体化が進んでるから、半分ぐらいの規模になって細々やっていく感じになるかな。

まあ拡大はしないだろうけれども。

そう書いてから、アサは少し考える。

たまたま襲った僧侶の一団か隊商が、何かすごいものを持ってるとか。それを利用して復活するみたいな。

アサがそう書き足したのを眺めながら、キヨはなるほどとうなずく。ありえない話でもないと思う。

毒のあるどんぐりのことを知って、よその国にばらすぞって教皇をおどしたりとかね。

そうかも。

キヨの言葉に、アサは相槌を打つ。キヨはこれから、余裕がある時はモンデリック要塞の復権について考えようと思う。

休み時間になったが、アサは本を出さなかったので、あの本読んだの？　ギリシャ神話の、とキヨがたずねると、アサは、読み終わったよ、とうなずいた。

「おもしろかった？」

「おもしろかった」

「次の本は？」

「今日探しに行こうと思う」

「おもしろいの見つかるといいね」

「がんばって探すよ」

キヨは、このへんでなんとか小松から聞いたことについて訊けるんじゃないか、と考えて、あのさ、先週うちのクラスの小松と話してたよね、と切り出してみる。小松は一つ離れた机で家庭科の授業を受けているが、休み時間なので席にはいない。

「偶然見かけたんだけど」

「小松とはよく話してるよ。弟と小松の妹が同じクラスなんだよ」アサは特に訝ったりはせず、あっさりと小松とのやりとりについて認める。「弟がときどき学校をさぼるんだけど、そのことについて小松の妹に訊いてるんだ」

「なんで？」

「母親が嘘をついてるか知りたいと思って」

アサは、キヨが小松から聞いたままのことを話す。

「学校さぼるのずるいもんね。腹立つわ」

「というより、母親に嘘つかれてるんならそのことについて知っておきたいからかな」アサはキヨが予想していたのとは少し違う答えを返してくる。「さぼりもむかつくけど、親に嘘つかれんのはもっと嫌だよ」

アサは、キヨからしたらとても腹の立つことについて話しているはずなのだが、このプリントわかりにくいと軽く言っているのと同じような口調だった。

「母親は、弟は学校さぼってないって私に言って弟のなんだ、名誉？　テイサイ？　みたいなものを守ろうとしてる。そういうことをするのが母親の役目だと思ってる。それってバカみたいだしうんざりするから、せめて自分は本当のことを知っておいてやろうと思って」

小松と小松の妹からしたら何なんだよって感じかもしれないけど、とアサは肩をすくめる。

「なんかごめん。話をさせちゃって」

「べつにいいよ。弟が学校さぼって母親が嘘ついてるのはほんとのことだもの」

アサは堂々と母親と弟に腹を立てていた。キヨの共感を乞う必要もないぐらい、それはアサ自身にとって筋の通ったことのようだった。キヨは、自分の感情を自分で決定することができるアサの態度に、安心のようなものを感じた。

そこでチャイムが鳴り、六時間目が始まったが、アサのプライバシーを侵害してしまったような思いをキヨは拭い去ることができず、ますますミシンの下糸の掛け方がわからなくなっていくような気がした。それでは糸を掛けて、学習セットの中にあるこの布を縫ってみましょう、と言われても、どうしたらいいのかわからなかった。アサも、話聞いてなかったからなー、と言いながら苦戦していたのだが、加藤に助けを求めると、無言でうなずいてキヨとアサの両方のミシンに糸を掛けて縫える状態にしてくれた。

家庭科室からそれぞれの教室への帰り道で、アサは少し自分の家のことについて話してくれた。母親と祖母と弟とアサの四人暮らしで、アサが小学二年の時に離婚した母親は、アサを「同志のように思っている」のだという。キヨの解釈では、同志とは、自分と同じぐらいのはたらきを求めるもので、大人であるアサの母親が中三のアサにその役割を課すのは変なんじゃないかとキヨは思った。

「じゃあ弟は何なの？」

「彼氏じゃないの。知らないけど」

キヨは激しい違和感に襲われて、アサの母親を一発殴ってやりたくなったのだが、キヨが人生で誰かを殴ったことは一度もなかったので、どう殴りにいったらいいのかわからなかった。

来週も楽しみにしてるよ、とアサは三階に向かう階段を上りながら言った。

「なんか、行けないんだけど旅行案内をもらってるような気がするし、どこに住んでみたいかたまに考える」

「どこに住んでみたい？」

「日によって変わるな。昨日はやっぱりでっかい街がいいなって思ってた。YouTubeを一時間ぐらい観てたらさ、〈イン・ザ・シティ〉っていう曲が出てきて。山とかもいいけどやっぱ街かなって」

「誰の？」

「忘れた。なんか簡単なアーティスト名」

アサは、祖母の持っているＣＤの中にあるＵ２というバンドの初期の曲をもっと聴いてみたくなってYouTubeを見に行き、いくつか動画をたどってその曲に行き着いたという。

　そのままアサは誰かに声を掛けられて、それじゃ！　と手を振って教室に入っていった。

　その日キヨは、自宅に帰ってから塾に行き、勉強のことは一切考えずにモンデリック要塞の今後のことを考え、玄関先で別れ際のアサとの会話を思い出して、スニーカーを脱ぎかけのまま携帯を自宅のWi-Fiにつなぎ、〈イン・ザ・シティ〉が聴けるサイトを探した。曲名がわかっていると簡単に出てきた。キヨは初めて聴くその古い曲を、玄関口に座り込んで三回聴いた後、イヤホンをつないでから十回聴いた。途中で母親が後ろを通りかかって、何か話しかけてきたけれども聞こえないので無視していると、肩を叩かれた。キヨは肩を回してそれを振り払った。母親がまだ何か言い募ろうとするので、キヨは玄関に塾の荷物を置いたままガレージに入って立ったまま聴いた。

　無性に外に出たくなる曲だった。自分が住んでいる場所は、県庁のある駅から四駅の住宅地で、たぶん〈シティ〉ではないのだが、外に出たらその欠片だけでも感じ取れるのではないかと思って、キヨはガレージから外に出てみた。家の前の通りを端から端まで走ってみて、もうちょっと身体性が欲しい、と思っていったん自宅のガレージに戻って自転車に乗ろうとしたのだが、隅の方にあってやたら倒れてきてうっとうしかった兄の古いスケートボードが目に入った。兄はもう家では暮らしていないし、母親はもう居間に引っ込んでしまったようだし、使っても誰にもからかわれないとキヨは見当を付け、自転車ではなくスケートボードを持ってガレージの外に出た。

一度乗ってみて、ほんの少ししか動く様子がなかったので、兄はどうやって乗っていたか、または、自分が見たことのあるスケボーに乗っている人はどんなふうに発進していたかを必死になって思い出してみる。そうだあれだ、片足を乗っけて、もう片足で地面を掻くように動かすのだ。キックボードとかそういう感じで。

キヨはスケートボードに右足を乗せて、左足で前進し、やがて両足をボードの上に乗せた。大したスピードではなかったが、自転車に乗っている時とはまた違った、浮遊するような心地があって悪くなかった。というか楽しかった。

ＣＭか何かで見かけた、ボードに乗ったままジャンプするのもやってみて、もちろん失敗して転んだ。厚めのデニムを穿いていて良かった、と思いながら、打ち身の痛さは感じたのだが、我慢できないほどではなかった。

その日から五日続けてキヨは、夜に家の前でスケートボードに乗るようになった。一日目は、家の前の通りの端から端までを行き来しただけだったが、二日目は角を曲がり、三日目はもう一つ角を曲がった。

悪い人間がいて、腕をつかんでこようとしたらどうしようとは思ったけれども、その時はボードで殴って近くのコンビニに逃げ込むつもりだった。

悪い人間には幸いにして出会わなかったが、三日目に加藤には出会った。加藤はキヨとは違う塾からの帰りのようで、自動販売機の傍らに佇んで、キヨが通り過ぎていくのを見ていた。キヨは、あ、加藤だ、とは思ったけれども、声はかけなかった。私服の加藤は、夜だから何色だか確信は持てないが、たぶんねずみ色のパーカを羽織って、中にオレンジ色っぽいTシャツを着ていた。

四日目は塾がなかったので少し早い時間に乗りに行き、五日目に塾が終わった後に乗りに行くと、また加藤が自動販売機のところにいた。思い切って、乗る？　とたずねてみると、加藤は首を横に振った。

「見物してていいか？」

「嫌だけどまあいいよ」

家庭科の時間に何かと世話になっている加藤を邪険にはできなかった。

加藤は、キヨを見ているというよりは、ただ同じ空間で過ごしているという様子で、キヨを凝視するわけでもなく、ときどき携帯を見たり、月を見上げたり、鳥や犬の声がする方向を見つめたりしていた。

加藤とキヨはほとんど話さなかったが、加藤がいると変な人間が寄ってくる確率が下がるような感じはしたので、キヨには都合が良いように思われた。わからないのは、加藤がそこにいる意図だった。

「新しいことを始めるのはいいな」

加藤はそう言うが、キヨはスケートボードに乗りながら、これを始めたかどうかもわからない、と思っていた。少し前までの自分は、架空の街を作ることに夢中で、今もそれをやりたいと頭では思うけれども、玄関に荷物を置くと母親の顔をしばらく見たくなくて、ガレージに直行してスケートボードを脇に抱えて外に出る日が続いていた。

加藤が見に来ることの弊害は、転ぶところを見られたくない一心で、ボードに乗ったままジャンプをするというような挑戦ができないことだったが、そのうちキヨは気にしなくなった。加藤も、惜しい、だとか、今のできそうだった、などと前向きなことだけを言ってくれた。これまでちゃんと考えたことはなかったが、加藤はいいやつだった。

動画を何度も見て、キヨ自身も数日の間に数百回は挑戦していたが、もちろんジャンプしてボードを一回転させるなどという芸当はできなかった。キヨは今十四歳で、なら十八歳までにできるようになればいいやと思った。何百年も先のことに感じられるから余裕だとキヨは思っていた。

*

〈広大な森のはずれにあるミレオ医術村は、人口が二十人にも満たない小さな村である。彼らは姻族も含めて全員が親族であり、また全員が代々の医者である。猟師であった彼らの先祖は、森の奥に住んでいた偉大な医術者をあやまって殺してしまったため、彼の代わりを務めるために、それから千年にわたって一族全員が医術のみをおさめなければならないという呪いを受けた。

施しに近い形でしか医術の対価を受け取ることができない彼らは常に貧しく、稀に王族や大商人の治療をすることによって得た金銭を分け合って暮らしている。しかし、隣接する森は豊かで、医療に関する資源や食料にはほとんど困ることはない。森ではブラックベリー、スグリ、クルミ、アンズタケなどが主に採取できる。

彼らが呪いを受けてからの千年はもうすぐ終わろうとしている。貧しさに辟易する女性の村長であるレオノールは、村を一度解体して、高級な医療を施す医者の組織として村を再構成することをもくろんでいる〉

最後の合同の家庭科の授業だった。地図の中の残された二つの都市の、森のはずれにある小さい方について、スケートボードに乗っている時以外ずっと考えていたキヨは、なんとかそこまで組み立てた。けれども、スケートボードの動画をもっと見ないといけない用事があったりしたので、もう一つについては間に合わなかった。

「スケボー始めたんだ？」

加藤が怒濤のように動かしているミシンの音に紛れて、アサがそうたずねてきた。

「家にあって、突然乗りたくなったんだよ」

「いいね。楽しそう」

加藤がミシンを止めて、さすがにここからは縫ってくれ、先生に悪い、と言ったのでキヨは加藤と椅子を代わってミシンに向かう。

「このボタン押したら縫えるの？」

「そうだ」

「それでやめるときにボタンもう一回押す？」

「そうだ」

ボタンを押そうとすると、加藤は、そうだそうだ、とミシンの速さを調節するスイッチを「ｓｌｏｗ」にする。スローでも、初めてミシンを動かすキヨからしたら驚異的な速さで布が縫い合わせられていくように思えておもしろかった。もっとちゃんとミシンの動かし方について先生の話を聞いておけば良かったと思った。

アサは自分の席で、家庭科のプリントに何か書いたり書かなかったりしていた。自分の作った村を想像することを、アサが楽しんでくれているといい、とキヨは改めて願った。

キヨが加藤の指導の下、エプロンの端を縫い終わると、アサもやはり加藤に教えられながら自分のエプロンを縫い始めた。アサは、これ速度調整できるんなら速いのがいい、と加藤にリクエストして、始めから「ｆａｓｔ」で縫っていた。速い速いと言いながら、アサは持ち前の運動神経に近いものを発揮してそれなりにちゃんとミシンを操作していた。

アサがキヨの席に回してきたプリントには、キヨが作った村についての所感が書かれていた。

もうすぐ呪いから千年っていうのはさびしく感じる。村の人たち、がんばってるのに貧乏で苦しかったと思うんだけど、呪いから自由になったらどうなるのかな。やっぱり気持ちが軽くなってほっとするかな。最初に死んだ医術者よりも、殺してしまった側である代々の村の人たちの方が多くの人を助けてるはずなのが皮肉だなあ。もしかしたら最初の医術者はそれを望んで死んでいったのかな。そんなことはないか。

そうなのかもしれない、とそこまで考えていなかったキヨは、顔を上げて、縫い上がったエプロンをすごいすごいと言いながら両手に持って眺め回しているアサを見る。

五つの都市や村や集落のうちの四つまでしか作れなかったことについての謝罪を、村の説明の後にキヨが付け加えたことに関して、アサは、充分おもしろかったからいいよ、と書いていた。毎週楽しみだった。ただのゲームの進行上でできた地図であんなふうにいろいろ考えられるなんてね。

あれから百円で本を買ったのか、授業が終わったら訊こうと思った。アサの母親と弟の欺瞞が続いているのかも気になったが、アサから言ってきたらもちろん聞くとしても、自分からたずねることではないとキヨは思った。連中がごまかしを重ねることを変えることはできないにしろ、それがアサに大きすぎる影響を与えないことを、キヨはただ祈った。

*

家庭科の合同授業が終わると、キヨとアサはまったく顔を合わせなくなった。遠くから見かけることは何度かあったけれども、アサはだいたいクラスの友人といて楽しそうに笑っていたので、自分の出る幕ではないし、アサが楽しそうならそれでいいとキヨは毎回結論して、帰ってスケートボードに乗ることについて考えていた。

加藤は家庭科部に入った。中三の夏からわざわざクラブに入るのは珍しいし、男子は加藤一人だったが、オムレツを焼いたり刺繍を始めたりして満足しているそうだ。坊主はやめて髪を伸ばし始めたものの、眼鏡は掛けていて、以前と変わらず塾の帰りにスケートボードに乗るキヨの見物に来ていた。

　夏場に汗をかいて、ボードの上で眼鏡がずり落ちてくるのをなおすのが面倒になったので、キヨはコンタクトレンズを使うようになった。母親は、キヨがコンタクトを所望したことについて、「好きな人ができたの？」とか「お兄ちゃんみたいにちゃんとした人じゃないとだめよ」とか「コンタクトにしただけで本当に誰かが振り向いてくれると思ってるの？」などと言いたい放題に言ったけれども、キヨは「気分を変えたくなっただけだようるせえな！」と言い返した。

　コンタクトに変えたからといって、ボードを一回転させることができるようになったわけではなかったが、キヨはそれなりに気持ちよくまっすぐ走ったり蛇行したりしながらスケートボードに乗れるようになっていて、歩道の段差もスムーズに渡れるようになっていた。

　二学期になり、本格的に受験を意識しろと塾の講師だけでなく学校の先生にも言われるようになって、面倒くさいと思わない日はなくなってしまってずっとうんざりしていたのだが、半袖でボードに乗っていると少し冷えるなと感じるようになってきた九月の終わりに、いつものようにスケートボードに乗っていると、いつもは加藤が一人でいる自動販売機のところにアサが現れた。

最初は、背格好は似ているがアサだとはわからなかった。少しだけ髪が伸びていて、眼鏡を掛けていたからだ。けれども、楽しそうだね清原！　という声の大きさは確かにアサだった。

アサによると、キヨがここでスケートボードに乗っていることは加藤が教えてくれたのだという。夏期講習から行き始めた塾が、加藤と一緒だったのだとアサは言った。アサの眼鏡は、縁が太くて真っ黒で、格好良かった。

「加藤は？」

「ちょっとだけ居残りしてる。よその中学の男の子と一緒じゃないかな」

加藤さ、たぶんその子のこと好きなんじゃないかな、とアサがちょっと驚くようなことを言うので、キヨは目を見開き、やがて笑い出してしまった。

「加藤数学できるんだけど、その子ができないから、なんか手抜いて小テスト受けたりしてる」

「けなげだなあ」

でも自分が聞いちゃってよかったのかな、とキヨが言うと、アサは、いつか言ってくれるよ！　と笑った。

「あのさ、清原は忘れてるかもしれないけど、家庭科でエプロン作る実習してた時に、毎週国っていうか街を作ってくれてたじゃない？」

覚えてる？　とたずねられて、もちろん、とキヨはうなずく。ものすごく前のことのように思えるが、あれはあれで楽しかった。地図帳や歴史の教科書の副読本を読んでいるうちに、少しだけ社会の成績が上がった。

「あれ、最後に一個だけ残ってたから、考えてみた。清原みたいに毎週一つみたいなふうにはいかなくて、夏休み中勉強しながらどうしようかって考えてたんだけどさ」

キヨがスケートボードを持って自動販売機のところに行くと、アサは、キヨが以前渡したレポート用紙の束の下から、アサの字で書かれた少し新しめのレポート用紙と、キヨが描いた地図を取り出してキヨに見せる。

「この部分ね。半島の付け根の部分にある街。五つの都市のなかで規模が真ん中ぐらいのやつ」

最初は、自分の描いた下手くそな地図を改めて見せられることが恥ずかしかったのだが、アサがそれを意に介す様子もなく、それを描いている時の自分自身が楽しかったことが思い出されると、アサの説明もちゃんと耳に入ってくるようになる。

「ここの地形、砂漠みたいで、街の隣に湖みたいなのがくっついてるのを見つけて考えたんだ」

　キヨはアサからレポート用紙を受け取り、目を通し始めた。

〈砂漠のオアシスの街であるヨキディアナは、人口十二万人を擁する交易路の街である。民主制を採用しており、街の人間たちの間に貧富の差はあっても、身分の固定はない。

　彼らは、商談と同時に動物の扱いに長けており馬に乗って大陸のどこにでも出かける。動物に騎乗することが生活の最初の基盤であることから、彼らの体は年代を経るごとに小さく、身軽に変化している。

　武力を用いない自発的な取引であらゆる物事を解決することを良しとする彼らだが、都市の防衛のために男子も女子も十二歳になると一度徴兵され、三年にわたって弓騎兵としての訓練を受ける。彼らが騎乗するのはほとんどラクダや馬だが、徴兵された者の中でも技術と人格に優れた者は象に乗ることを許される〉

　キヨの頭の中を、砂漠を行進する隊商と、鎧を着て飾りたてられた戦象が横切っていったような気がした。象の上には、軽装の鎧を着て異様な兜を身につけた少女が乗っている。表情は厳しく、何にも目もくれない。

「いいな」

「よかったー」

象好きだからさー、いちばんえらい人が乗るやつにしちゃったよ、とアサは大きな声で言った。

自動販売機の光の中で、キヨは改めて地図を見直して、そこにある都市の中身がすべて完成したことを祝った。予想だにしなかった喜びが全身を通っていったような気がして、ちょっとだけいいかな、とスケートボードに乗って左足で地面を掻く。通りの端から端まで走った後、キヨはテールを弾いてジャンプする。キヨ自身の足は地上に着地したが、ボードは確かに一回転した。

道の向こうから加藤がやってくるのが見えた。浮かれているのか、しょんぼりしているのか、そのどちらでもないのか、どれでもいい、なんでもいいとキヨは思った。自分たちにはいくらでも時間がある。だからきっと通り過ぎていくものたちのどれかは、手になじんで輝いてくれるだろう。

レコーダー定置網漁　「群像」２０２０年５月号
台所の停戦　「群像」２０１２年12月号
現代生活手帖　「群像」２０１６年３月号
牢名主　「群像」２０１５年４月号
粗食インスタグラム　「群像」２０１５年９月号
フェリシティの面接　「群像」２０１３年12月号
メダカと猫と密室　「群像」２０２０年11月号
イン・ザ・シティ　「群像」２０２１年５月号

津村記久子（つむら・きくこ）

１９７８年、大阪市生まれ。２００５年「マンイーター」（のちに「君は永遠にそいつらより若い」に改題、映画化）で太宰治賞を受賞してデビュー。２００８年『ミュージック・ブレス・ユー!!』で野間文芸新人賞、２００９年「ポトスライムの舟」で芥川賞、２０１１年『ワーカーズ・ダイジェスト』で織田作之助賞、２０１３年「給水塔と亀」で川端康成文学賞、２０１６年『この世にたやすい仕事はない』で芸術選奨文部科学大臣新人賞、２０１７年『浮遊霊ブラジル』で紫式部文学賞、２０１９年『ディス・イズ・ザ・デイ』でサッカー本大賞、２０２０年「給水塔と亀（The Water Tower and the Turtle）」（ポリー・バートン訳）でＰＥＮ／ロバート・Ｊ・ダウ新人作家短編小説賞を受賞。

現代《げんだい》生活《せいかつ》独習《どくしゅう》ノート

二〇二一年一一月一七日　第一刷発行

著　者　津村記久子《つむらきくこ》
発行者　鈴木章一
発行所　株式会社講談社
〒一一二-八〇〇一
東京都文京区音羽二-一二-二一
電話　出版　〇三-五三九五-三五〇四
販売　〇三-五三九五-五八一七
業務　〇三-五三九五-三六一五
印刷所　凸版印刷株式会社
製本所　株式会社若林製本工場

KODANSHA

ISBN978-4-06-526037-1
N.D.C.913 264p 20cm